Titus Reinmuth

Im schlimmsten Fall geht alles gut

TITUS REINMUTH

IM SCHLIMMSTEN FALL GEHT alles gut

60 GUTE GRÜNDE ZU **VERTRAUEN**

adeo

INHALT

WAS, WENN ALLES GUT GEHT?

Was, wenn alles gut geht?
Was, wenn alles gelingt?
Man wird ja mal träumen dürfen.

Okay, die meisten machen die Erfahrung: Man steht nicht immer ganz oben, nicht im Beruf, nicht in der persönlichen „Lebensglücks-Bilanz".

Was soll das überhaupt heißen: dass alles gut geht? Die Sache mit den schlechten Blutwerten klärt sich auf? Die neue Aufgabe in der Firma – ich bekomme sie? Was sich da anbahnt mit ihm, mit ihr, wird das große Glück?

Faszinierender Gedanke.
Warum immer zweifeln?
Warum nicht mal das Gute erwarten?

Stimmt, es gibt Sonntagskinder und Pechvögel. Den einen fällt alles zu, die andern fallen immer hin. Und die meisten erleben eine Mischung aus beidem. Eine Mischung aus Scheitern, Lieben, Verlieren, Glück und Schmerzen.

Ich finde, wenn alles gut geht, ist all das Teil meines Lebens. Dann habe ich Erfahrungen gemacht mit dem Kranksein, dann habe ich etwas gelernt, wenn ich Fehler gemacht habe, dann bin ich wieder aufgestanden, wenn ich mal ganz unten war.

Die meisten Menschen wissen: Es geht nicht immer gut. Aber wie deute ich das, was mir zustößt? Bei mir war es ein medizinischer Zwischenfall: Notfall-OP und Intensivstation. Da war nichts gut gegangen, sondern alles schiefgelaufen. Ich habe gelernt, wie verletzlich das Leben ist. Aber daran ist auch etwas gut gegangen.

Ich lebe.
Ich kann heute viel mehr genießen.
Ich kann besser unterscheiden,
was für mich wichtig ist und was nicht.

Also: Mag sein, wenn Sie anfangen, in diesem Buch zu stöbern, ist alles gut. Und nächste Woche oder irgendwann im November geht etwas schief.

Eine von uns war verliebt und wurde enttäuscht. Vielleicht. Einer hätte eine Chance gehabt im Job und hat sie verpasst. Womöglich. Eine bekommt eine Diagnose und hat Angst. Kann sein. Irgendwo wird eine Weiche gestellt, vielleicht anders als erhofft. Doch wo das hinführt, ist offen.

Wenn so etwas kommt, dann wünsche ich uns allen, dass eine Hummel vorbeikommt. Brummt, torkelt, aber fliegt. Und zeigt: Die, die Vertrauen haben, kriegen neue Kraft.

Dann wünsche ich Ihnen, dass Sie nicht alles glauben, was Sie lesen über die Liebe oder diese Krankheit. Sondern selbst denken und Ihrem eigenen Urteil vertrauen. Dann wünsche ich Ihnen, dass ein anderer für Sie ein Engel wird, der Ihnen zuhört, Sie behütet und im richtigen Moment ein Rührei macht.

Und abends, wenn Sie in den Spiegel schauen, dann wünsche ich Ihnen einen Zettel, auf dem steht:

Im schlimmsten Fall geht alles gut.

Ach so: Sie fragen sich, was es mit der Hummel auf sich hat oder dem Rührei? Dann schlage ich vor, Sie lesen weiter. Denn es gibt viele gute Gründe zu vertrauen.

Wunderbar
UNPERFEKT –
SELBSTVERTRAUEN

WUNDERBAR UNPERFEKT

„Was machst du denn da?“, ruft die Männerstimme Richtung Badezimmer.

„Ich föhne mir die Haare.“

„Morgens um vier? Warum?“

„Damit du denkst, ich sehe beim Aufstehen schon perfekt aus.“

So ähnlich geht eine Radiowerbung. Witzig? Blöd? Jedenfalls funktioniert sie. Vielleicht auch deshalb, weil sich tatsächlich viele so gern so perfekt zeigen.

Wie ich das manchmal satt habe: dieses schön geföhnte Leben! Alle zeigen ihr perfektes Social-Media-Lächeln, optimieren ihre Figur, ihre Hobbys, ihre Kinder, ihre Ernährung, ihre Meinung. Alles ästhetisch und moralisch vorzeigbar. Fehler? Mängel? Sind nicht vorgesehen. So gelangen wir alle ins Facebook- und Messenger-Paradies.

„Du, das mit dem Grillabend tut uns leid, da sind wir raus, wir haben ja komplett unsere Ernährung umgestellt.“

Na toll, schön für euch. Ich aber nicht. Ich habe Mängel, mache Fehler und esse nun mal nicht immer vom richtigen Baum.

Und das ist auch gut so. Ich finde, erst mit einem ordentlichen Fehltritt bekommt das Leben die richtige Würze. Das fing schon bei Adam und Eva an. Alles andere ist doch ziemlich fad. Nichts, worüber sich zu reden lohnt. Okay, mit meinen Fehlern käme ich vielleicht nicht ins Buch der Bücher, aber der Hölle eines Hochglanzlebens könnte ich schon entkommen.

Meine persönliche Mängelliste der letzten Woche geht ungefähr so:

Montag: Ich bin zu einer Fortbildung nach Berlin nicht ökologisch vorbildlich angereist, sondern geflogen. In der Ferienwohnung habe ich den Müll nicht getrennt. Lohnte sich nicht.

Mittwoch: Ein Blick auf die Waage zeigt, dass alle Bemühungen, mein Gewicht zu reduzieren, wieder gescheitert sind.

Donnerstag: Bandprobe. Ich spiele seit Jahren den E-Bass, ein Solo würde man der Welt aber bis heute lieber nicht zumuten.

Samstag: Als meine Tochter und ich allein zu Hause waren, habe ich nichts Frisches gekocht, Tiefkühlkost musste reichen.

Und das sind nur die konkreten Kleinigkeiten einer Woche. Es gibt da auch noch die größeren Dinge: Ich vernachlässige selbst gute Freunde und übergehe schon mal eine Kollegin.

Aber ist es tatsächlich ein Wunder, dass ich verheiratet bin, überhaupt Freunde habe, Menschen, die klaglos mit mir zusammenarbeiten? Oder bin ich etwa doch im Großen und Ganzen okay?

Jeden Fehler, jede Unzulänglichkeit könnte man ja beheben, abmildern oder wenigstens verstecken. Aber warum? Fehler sind oft so markant, witzig und liebenswert. Es ist das Unperfekte, das Menschen so einzigartig macht. „Ich danke dir dafür, dass ich so wunderbar gemacht bin," heißt es in einem Gebet der Bibel. So spricht da jemand zu Gott. Kein Mr Right und keine Mrs Perfect, sondern ein Mensch. Könnte ich mir an den Badezimmerspiegel heften. Verschlafen, ungeföhnt, aber wunderbar gemacht. Danke, Gott![1]

ABENTEUER

„Husky-Wanderung, Snow-Kiten, Wrack-Tauchen." Ein Freund hat mir eine Gutscheinbox geschenkt. Ich blättere durch den Katalog voller Abenteuer, die es zu erleben gibt. Eine ganze Welt einmaliger Erlebnisse und unvergesslicher Momente, so verspricht es der Klappentext. Eins darf ich wählen.

„Eisklettern, Elektro-Motocross, Extrem-Rafting." Klingt ganz schön aufregend. Manches kommt mir gefährlich vor. Auf den Bildern sehe ich einen Typen im Luftkanal mit Helm und Schutzanzug. Body-Flying. Eine Frau läuft geradewegs eine Glasfassade herunter, angeseilt. Einer fliegt, den Kopf voran, auf einem Luftkissen eine Skipiste herunter. Das würde ich mich nie trauen. Anderes könnte mich durchaus locken. „Grundkurs Kajak, große Höhlenexkursion, Canyoning bei Nacht." Klingt reizvoll. Durchschnittliche Fitness und körperliche Belastbarkeit werden vorausgesetzt. Trittfest und schwindelfrei soll ich sein. Den Teilnehmern werde einiges an Kraft, Geschick und Mut abverlangt, heißt es an anderer Stelle. Na gut. Soll ja auch ein einmaliges Erlebnis werden.

„Auto zertrümmern, Gleitschirmfliegen, Bungee-Jumping.“ Was treibt Menschen zu solchen Abenteuern? Psychologen sprechen von einer heimlichen Todessehnsucht. Einmal an die Grenze gehen, nur das Bungee-Seil im Rücken. Oder den Karabinerhaken. Aber wer das macht, sehnt sich doch eigentlich nicht nach dem Tod, sondern nach dem Leben, oder? Der möchte die eigene Lebendigkeit spüren. Wie das Adrenalin steigt. Wie das Herz schlägt und die Knie zittern. Das gibt diesen besonderen Kick.

„Feuerwehr-Workshop, CSI-Spurensuche, City-Thriller für zwei.“ Aha, manchmal wird auch der Kopf gefordert. Mitdenken, Mitfiebern, die Lösung finden. Auch das kann ganz schön abenteuerlich sein.

Doch je länger ich durch diesen Katalog blättere, umso mehr kommen mir Zweifel. Ist das ganz normale Leben eigentlich nicht aufregend genug? Wenn ich den Kick hier suchen muss, habe ich dann vielleicht verlernt, ihn anderswo zu finden?

Eine alte Freundin hat sich neu verliebt. Ihr pocht das Herz bis zum Hals. Auch so, ganz ohne Karabinerhaken. Mein früherer Lehrer geht in den Ruhestand. Er lernt jetzt Saxofon spielen und hat große musikalische Vorbilder. Ziemlich aufregend.

„Ferrari-Rundfahrt, Trabbi-Tour, Rennbob fahren.“ Klingt alles gut. Aber je länger ich darüber nachdenke, auf desto mehr andere Ideen komme ich. Wie wäre es damit: Einen Vater-Tochter-Tag machen, und sie darf wählen, was wir tun? Sich mit alten Freunden in dem neuen Bistro treffen?

Jemanden anrufen, den ich seit zwei Jahren nicht mehr gesprochen habe – und gucken, was passiert.

Trau ich mich? Es ist nicht ohne Risiko, aber mit etwas Glück werden das unvergessliche Momente. Das Leben ist schon so bunt und vielfältig und herausfordernd. Mir sind so viele Fähigkeiten geschenkt worden: Dinge zu entdecken, Menschen zu lieben, etwas zu gestalten – mit meinen eigenen Händen oder mit meinen eigenen Gedanken. Was für ein Glück.

Jetzt schwanke ich noch zwischen Höhlenexkursion und Ferrari-Rundfahrt. Eins davon werde ich machen. Aber dann: Hinein in die wirklich großen kleinen Abenteuer des Lebens![2]

Exit-Strategie

Hab mich lange Zeit gewunden
mit einem Zug bin ich schachmatt
mich zu lang schon abgefunden
es ist genug ich hab es satt

Mache Halt auf freier Strecke
steige aus und bleibe stehn
lauter Chancen um die Ecke
ich fange an mich umzusehn

Denn plötzlich warst da ja du
du kamst einfach so dazu
Du bist mein Jetzt oder Nie
Denn plötzlich warst da ja du
du kamst einfach so dazu
du meine Exit-Strategie

In der Gegenwart gelandet
als gehört ich nicht hierher
was mich dabei wirklich wundert
es gefällt mir sogar sehr

SCHERBEN

Ein lautes Klirren aus der Küche. Oh je, da ist etwas zu Bruch gegangen. Hier kann man nur noch die Scherben aufkehren. So ein Ärger!

Die meisten Menschen erschrecken richtig, wenn so etwas passiert. Für Kinder ist das oft ganz furchtbar: Ganz aus Versehen ist etwas runtergefallen. Ein Teller, eine schöne Blumenvase, ausgerechnet eins von den guten Gläsern. Dann zucken sie zusammen, beteuern, dass es doch keine Absicht war, und vielleicht fließen sogar Tränen, weil etwas kaputt ging. Man kann ja wirklich nur noch die Scherben zusammenkehren – aber es wird nicht wieder ganz.

Nun, der Schreck vergeht, Eltern und Kinder können sich beruhigen, es wird wieder gut. Es war ja nur irgendein Gegenstand, niemand ist verletzt. Und war es wirklich so schlimm? Gehört es nicht zum Leben dazu, dass mal etwas zu Bruch geht?

Wir Älteren denken vielleicht schon an andere Brüche. Unsere Scherben. All das, was uns nicht so gelungen ist, wie wir uns das vorgestellt hatten. Wenn wir anderen Menschen nicht gerecht wurden. Besonders denen, die uns nah sind.

Wenn wir Hoffnungen und Träume pflegten, die dann doch nicht in Erfüllung gingen. Unsere Unzulänglichkeiten, unsere gescheiterten Pläne, unsere Scherben. Wie leben wir damit?

Eugen Roth hat einmal gedichtet, dass Menschen sich wünschen, Glück und Glas sei unzerbrechlich. Und dass die Wissenschaft das beim Glas schon fast erreicht hat.

Tja – und beim Glück? Da bleibt einem das Lachen im Halse stecken. Und dennoch: Scherben bringen Glück, sagt ein Sprichwort. Wieso eigentlich? Steckt in jedem Bruch auch eine Chance? Beginnt dann etwas Neues? Kann sich unser Leben genau dann verändern – zum Guten?

Manchmal ist es so. Zum Beispiel, wenn ein großer Umzug ansteht. Da schwören die alten Nachbarn und Freunde, dass sie vorbeischauen und in Kontakt bleiben werden. *So weit ist es ja nicht, wir besuchen euch mal, wir telefonieren.* Aber wenn's dann so weit ist, sind all die Schwüre bald vergessen. Mit der Zeit zeigen sich erste Risse. Ein einziger Besuch kommt zustande, seit Wochen hat keiner mehr angerufen. Es ist doch etwas abgebrochen. Aber es fängt auch etwas an: erste Kontakte, neue Freunde – und bald das gute Gefühl, an dem neuen Ort zu Hause zu sein. Und wer weiß, vielleicht werden die neuen Freundschaften anders gepflegt als früher – damit sie Bestand haben.

Oder wenn eine Beziehung kaputt geht. So sagt man das ja: Eine Ehe ist „in die Brüche gegangen“. Manche machen noch einmal einen neuen Anlauf, versuchen, die Scherben aufzulesen und die Risse zu kitten – oder noch einmal ganz neu zusammenzukommen. In der Eheberatung wird ziemlich bald danach gefragt: Geht es noch um eine neue gemeinsame Zukunft oder eher um eine faire Trennung? Oft gelingt es nicht, das Gemeinsame zu aktivieren, die Liebe zu beleben, den Neuanfang zu wagen. Dann sind die Verletzungen zu groß und Menschen bleiben beschädigt zurück.

Ein Dichter der Bibel sagt: *Der Herr ist nahe denen, die zerbrochenen Herzens sind, und hilft denen, die ein zerschlagenes Gemüt haben* (Psalm 34,19). Manchmal ist das der Kitt: Wenn ich daran glaube, dass Gott noch zu mir hält. Dass ich etwas Neues anfangen kann, das ich vielleicht noch finden muss. In einem Gottesdienst mit vielen Kindern haben wir mal zwei bunte Vasen zu Bruch gehen lassen. Erst war's ein Schreck. Dann haben wir über Scherben nachgedacht. Und schließlich haben die Kinder in einem großen, mit Sand gefüllten Rahmen aus all den Scherben ein buntes Mosaik gelegt. Etwas völlig Neues war entstanden.

Eine Frau erzählte mir von ihrer Scheidung. Damals war sie sehr verletzt gewesen und hatte manche Träne geweint. Aber im Rückblick habe ihr die Trennung gutgetan. Sie hätte sonst nie ihren Beruf wieder ergriffen, viele gute Freundinnen und Freunde nicht kennengelernt, manche Reise nicht gemacht. Man sieht es ihr an: Stärker und selbstbewusster ist sie geworden. Nicht obwohl, sondern *weil* damals etwas in die Brüche ging.

Scherben bringen Glück? Vielleicht nicht sofort, vielleicht nicht immer. Aber manchmal schon.[3]

KLASSENTREFFEN

Klassentreffen, 25 Jahre danach: ein Jahrmarkt der Eitelkeiten. Was ist aus allen geworden? Beruf und Familie – alles top? Wenigstens vorzeigbar?

Als ich die Einladung bekomme, erst recht, als ich die Namen auf der Liste lese, zittern mir kurz die Knie. Man wird ja plötzlich wieder 16. Alles ist wieder da: Das Ungenügen, der Horror, die Sehnsucht. In Gedanken drehe ich mich schon wieder nach Tina um.

Andererseits: Ich hätte schon Lust, den anderen zu zeigen, dass aus dem schüchternen Jungen aus Reihe drei doch ein ganz passabler Typ geworden ist. Monika hat bestimmt einen Porsche-Fahrer geheiratet und kümmert sich rührend um ihre mindestens drei Kinder. Florian hat wahrscheinlich das dritte Start-Up und die vierte Frau. Hendrick? Reihenhaus und Rasenmäher, jede Wette.

Will ich da wirklich hin?

So ein Klassentreffen ist nun mal die große Biografie-Show. Silvester ist ein Klacks dagegen, das tut nur kurz weh. Ein Jahresrückblick, was ist das schon? Aber so eine Bilanz nach 25 Jahren, das ist eine Art letztes Gericht, oder? Da sollte man nicht nur die Weichen gestellt haben, sondern bitteschön irgendwo angekommen sein. Und zwar am besten nicht auf dem Abstellgleis.

Also gut, ich fahre hin. Eine Kneipe, dunkelbraune Eichenmöbel, im Hintergrund 80er-Jahre-Musik.

„Heeey…" rufe ich betont lange, weil ich partout nicht weiß, wer vor mir steht. Willkommen in der Smalltalk-Hölle.

„Wie geht's?"

„Privat super: meine Frau liebt mich, meine Kinder hören auf mich, mein Konto beruhigt mich."

Schenkelklopfen, Gelächter.

„Und beruflich?"

„Ist gerade ein bisschen stressig, aber ich will nicht klagen."

Mein Haus, mein Boot, mein Auto – das gilt hier tatsächlich als gesetzt. Mein Garten, mein Mann, meine Kinder, das geht natürlich auch. Nur eins ist klar: Man muss beruflich erfolgreich und privat glücklich sein. Scheitern ist nicht vorgesehen. Obwohl doch bestimmt jede und jeder hier im Raum vom Leben mindestens einmal überrascht, überrumpelt oder übergangen worden ist.

Wann gelte ich etwas? Muss ich versuchen, einem bestimmten Bild gerecht zu werden? Wer urteilt über mich und wann bin ich auf Gnade angewiesen? Eigentlich sind das religiöse Fragen. Nur dass nicht Gott urteilt, sondern die anderen.

Die Vorstellung von Kandidatinnen und Kandidaten auf einer Synode, also einem Kirchenparlament, ist übrigens nicht so weit entfernt von den Erfolgsgeschichten auf dem Klassentreffen: 52 Jahre, seit 24 Jahren verheiratet (die Zahl muss unbedingt genannt werden), drei Kinder, Abteilungsleiter. Oder: 45 Jahre, seit 15 Jahren verheiratet, eine Tochter, Leiterin einer Beratungsstelle (darunter geht es eigentlich nicht). Lauter protestantische Hochglanzbiografien.

Niemand würde ans Pult treten und sagen: „Ich bin 54, das zweite Mal geschieden, meine Tochter aus erster Ehe spricht zurzeit nicht mit mir. Aber ich habe Hoffnung." Oder: „Ich bin 38 und habe eine chronische Krankheit. Ich bin schon heute auf Hilfe angewiesen. Beziehungen sind schwierig für mich. Aber wenn ich sterbe, dann mit einem Lächeln. Denn ich glaube."

Vertrauen haben. Hoffnung. Plötzlich gibt es einen Unterschied zwischen dem äußerlich sichtbaren Leben mit Erfolg oder Misserfolg und der unsichtbaren Kraft, die mich in Wirklichkeit leben lässt. Die mich trägt, ganz gleich, was ich äußerlich vorzuweisen habe. Plötzlich wird mein Leben zu einem verdankten Leben.

Ich versuche einen Moment, mir das auf dem Klassentreffen vorzustellen: „Woran glaubst du?" „Wer hat dir davon erzählt?" „Was hat dich überzeugt?" „Wofür bist du dankbar?" „Wann hast du am meisten gezweifelt?"

Gut, solche Fragen eignen sich vielleicht nicht mehr für Smalltalk. Aber wenn's ein bisschen mehr sein darf, wären das ziemlich spannende Fragen. Und wahrscheinlich würde sich schnell herausstellen, dass nicht der Kontostand oder die Zahl auf der Waage über das eigene Leben entscheidet.

Auch nicht die Krankheit oder die gescheiterte Beziehung. Sondern die Frage, ob ich Vertrauen habe. Ob ich vielleicht sogar in irgendeinem Winkel meines Lebens immer noch 16 bin. Ob ich mich ansehen kann als einen, bei dem noch nicht alles zu spät ist, sondern alles möglich. Weil ich Vertrauen habe. Und da immer noch einer ist, der an mich glaubt und irgendetwas mit mir vorhat.

Doch geliebt

Du hörst dich manchmal klagen
wenn es nicht weitergeht
du willst dann nicht versagen
hoffst, dass sich manches dreht

Im Rückblick siehst du alles
so klar wie früher nie
wer sagt denn was normal ist
wer führt denn hier Regie

Was der Plan ist
wer kann das schon sagen
ob es irgendwo doch einen gibt
Du kannst weiter
das Leben befragen
solang du fühlst
ich bin doch geliebt

Das Schicksal lässt dich raten
schachmatt in einem Zug
Du schaust ihm in die Karten
die Zeit vergeht im Flug

In dieser Kurzgeschichte
bist du die Hauptperson
für dich das Allerbeste
das wäre ne Option

Willst du darauf vertrauen
gibt's hier ein Happy End
Dann darfst du schon mal schauen
was jetzt noch keiner kennt

EIGENTLICH UNMÖGLICH

„Es gibt kein Verbot für alte Weiber, auf Bäume zu klettern", sagt Astrid Lindgren, die bekannte Kinderbuchautorin. Eine amüsante Vorstellung, aber es soll tatsächlich Menschen geben, die ab und zu so etwas Verrücktes tun. Etwas, das sich nicht gehört. Das eigentlich unmöglich ist. Kinder klettern auf Bäume – aber alte Weiber?

Wenn ein neues Jahr beginnt, ist Zeit für gute Vorsätze. Aufhören zu rauchen. Auf sein Gewicht achten. Mehr Zeit mit der Familie verbringen. Das sind die Klassiker unter den guten Vorsätzen. Warum nehmen wir uns eigentlich nicht vor, einmal im Jahr etwas Verrücktes zu tun? Etwas völlig Unmögliches.

Verrückte Ideen gibt es genug: Man könnte kurz entschlossen in den falschen Zug steigen und gespannt aushalten, was dann passiert. Frau könnte im Abendkleid in einen Springbrunnen steigen und stolz das übermütige Gefühl genießen. Natürlich nur im Sommer. Man könnte sich in einem Schrank verstecken, es keinem sagen, lauschen, was draußen geschieht, und sich sicher fühlen hinter der verschlossenen Tür. Ich muss schmunzeln bei dem Gedanken. Würde ich mich trauen? Werde ich so etwas tun? Warum eigentlich nicht? Ist ja nicht verboten.

Aber es gibt auch Dinge, die brauchen etwas mehr als Kühnheit oder Wagemut. Werde ich mich trauen, einem Freund gegenüber eine Sache anzusprechen, die mich schon lange bewegt, sogar belastet? Wenn ich es sage, setze ich die Freundschaft aufs Spiel. Ich weiß nicht, wie es ausgeht. Es braucht Vertrauen. Mut zum Risiko.

Werde ich es schaffen, dem einzigen Hobby, das ich noch habe, wieder Zeit einzuräumen? Und zwar gleich jede Woche? Nichts tun für den Job, nicht zusammen sein mit der Familie, sondern einmal etwas nur für mich tun?

Werde ich mich der Operation stellen, zu der mir alle raten? Sie ist irgendwann dran, sie bedeutet auch ein Risiko. Kann ich mich entschließen? Schon wieder brauche ich Vertrauen. Es geht gar nicht ohne.

„Was bei den Menschen unmöglich ist, ist bei Gott möglich", sagt Jesus von Nazareth in einem schwierigen Fall. Er sagt es zu Menschen, die zögern, etwas in ihrem Leben zu verändern. Weil es sie etwas kosten würde. Sonst droht alles beim Alten zu bleiben.

Noch eine Idee für einen guten Vorsatz: Einmal über einen alten Friedhof gehen und die Grabinschriften lesen. Über das Leben nachdenken. Über die Zeit, die vergangen ist und die Zeit, die noch bleibt. Was ist noch möglich in diesem Leben?

Es gibt kein Verbot für alte Weiber, auf Bäume zu klettern. Es darf verrückt sein. Es soll etwas verändern. Es wird etwas kosten. Ich muss mich trauen.

Ich habe mir am letzten Silvesterabend nur zwei Dinge vorgenommen. Etwas Ernstes und etwas Verrücktes. Wenn ich das Verrückte gemacht habe, werde ich mich so leicht fühlen, so lebendig, so beschwingt, dass ich auch das Schwere schaffen kann.

Klar, ein bisschen Mut brauche ich auch. Aber ich weiß ja: „Was bei den Menschen unmöglich ist, das ist bei Gott möglich.“ Will sagen: Wer die Bäume nicht mehr hochkommt, kann erleben, wie Gott beflügelt – alte Weiber wie junge Männer.[4]

Das ist es wert

Die Ampel auf rot der Blick ins Leere
ich denke laut wie schön es wär
ganz ohne Ballast ins Ungefähre
einfach nur los und weg von hier

Ich will nicht nach vorn nur in die Mitte
ich fange an mich umzusehen
Ich taste mich vor mach erste Schritte
ich frag dich nur mit mir zu gehen

Darum halt ich durch und nicht dagegen
Ich fühle mich frei und unbeschwert
Bleib ganz ohne Furcht auf eignen Wegen
Ich komme zur Ruh und das ist es wert

Was liegt da noch auf meiner Seele
Ich schau es mir an in aller Ruh
Dreh's hin und her wie Kieselsteine
ich lad dich ein setz dich dazu

So manches will ich durchaus behalten
so wie ein Schatz bloß nicht zu schwer
Doch alles was stört in diesen Zeiten
das werf ich hinaus ins offne Meer

Ich gebe aus mit vollem Herzen
rechne nicht nach wozu denn auch
bleibst du vielleicht um dich zu wärmen
ich geb dir alles was du brauchst

AUF DER LEITER

In der Kirche stehen lauter bunte Holzleitern. Stabil sehen sie aus. Von beiden Seiten könnte man hochklettern. Aber Halt! Das hier sind Kunstwerke. Ich befinde mich mitten in einer Ausstellung. „Auf und Ab – Leitern erzählen vom Leben“ – so lautet der Titel.

Tatsächlich hat eine Gruppe von 60 Menschen mit und ohne Behinderung diese Leitern in einem Kunstworkshop gestaltet. Kinder, Jugendliche, Erwachsene, eine bunte Mischung von Menschen mit sehr unterschiedlichen Begabungen. Genauso vielfältig sehen jetzt die Leitern aus. 14 Exponate sind zu sehen. Eine „Tonleiter“ ist mit Notenschlüsseln verziert und mit allem, was mit Musik zu tun hat. Ein Fußballfan hat eine Leiter in den Farben des Vereins bemalt. Eine Rettungsleiter fällt mir auf. Darauf steht „SOS“ und die 112, aber auch die Worte „Zuhause“, „Freund“ und „Rettung“. Toll!

Leitern erzählen vom Leben. In der Tat. Wer hoch hinaus will, braucht sicheren Halt. Zum Beispiel jemanden, der unten die Leiter festhält. Sonst fällt man leicht um. Oder ein Gegenüber, das die Leiter stützt.

Mitten in der Ausstellung gibt's dann doch noch eine ganz normale Haushaltsleiter aus Metall. Die darf man selbst hinaufsteigen. Als ich oben ankomme, habe ich gemischte Gefühle. Eine schöne Übersicht hat man hier, ja. Aber ich fühle mich auch etwas unsicher. Und auch ein bisschen einsam, ganz allein hier oben.

Soll man im Leben lieber doch nicht hoch hinaus, sondern besser auf dem Boden bleiben? Es hat was für sich. Wie geht's wohl denen, die abstürzen? Ein Ministerpräsident, der nicht wieder gewählt wird. Ein Auto-Boss, der in Handschellen abgeführt wird. Ein Ehemann, dem seine Frau eröffnet: „Ich kann nicht mehr, ich gehe." Oder Eltern, deren Kinder im Streit die Tür zuknallen und abhauen – irgendwohin –, vielleicht für immer. Leitern erzählen vom Leben, vom Auf und Ab.

Yoko Ono hat einmal in einem Interview berichtet, wie sie John Lennon das erste Mal begegnet ist. Sie hatte eine Kunstausstellung in einer Londoner Galerie. Mitten im Raum eine Leiter. Lennon stieg hinauf. Oben baumelte eine Lupe. Und an der Decke war eine Leinwand befestigt. Wer die Lupe nahm, konnte ein Wort lesen: Ganz klein stand dort „Yes" – Ja. John hat Yoko später gesagt, er sei erleichtert gewesen, dass dort oben nicht „Nein" zu lesen gewesen war oder „Mach, dass du wegkommst". Sondern eben ein kleines, aber deutliches „Ja". Angeblich war das der Beginn ihrer berühmten Beziehung.

In den biblischen Geschichten kommt meines Wissens nur einmal eine Leiter vor: Jakob träumte von einer Leiter, die Himmel und Erde verbindet. In seinem Leben war manches schiefgelaufen. Er war so gar nicht mit sich im Reinen, auch nicht mit seiner Familie und erst recht nicht mit Gott. Und mitten in diesem Aufruhr träumt er von einer Leiter, auf der Engel auf und ab gehen. In dem Traum spricht Gott zu ihm und sagt: „Ich will dich nicht verlassen. Ich bin mit dir und will dich behüten, wohin du auch ziehst." (Gen 28,15) Am nächsten Morgen wacht Jakob auf und fühlt, dass alles gut wird.

Ich habe auch oft das Gefühl gehabt, dass da einer ist, der mich festhält oder auffängt. Und sollte es am Ende des Lebens eine Himmelsleiter geben, die zu Gott führt, dann stell ich mir das genauso vor wie bei Yoko Onos Ausstellung: Am Ende steht da oben einfach nur ein Ja.[5]

AM STRAND

In diesem Sommer mache ich nur verrückte Tagestouren. Neulich zum Beispiel mit ein paar Freunden nach Holland, um einfach einen ganzen Tag am Strand zu verbringen. Kirsten hatte den Bulli von ihrem Freund ausgeliehen, und schon morgens um zehn saßen wir in einem Beach-Club. Sonne, Wind, Frühstücksbuffet... herrlich. Dann sind wir am Strand entlangspaziert. Ich liebe das, wenn man so weit gucken kann.

Im Sand, vor unseren Füßen, waren lauter Fußspuren. Und alle paar Meter hatte irgendjemand etwas geschrieben: „Tobi war hier", und dazu ein paar extra tiefe Fußabrücke. „Mark und Birthe" in einem riesigen Herz. Dann ein ganzer Satz: „Du stellst meine Füße auf weiten Raum", darunter noch „Psalm 31". Verrückt. Ein Bibelzitat am Strand.

„Guck mal, das waren bestimmt Mark und Birthe", sagt Kirsten auf einmal. Da waren Fußspuren von einem Pärchen, ganz eng beieinander. Wir schauen weiter: Da vorn hat wohl jemand was gesucht. Der ist kreuz und quer gegangen.

Wir machen uns einen Spaß draus: Eine geht vor und die andern versuchen, genau in ihren Fußspuren zu laufen.

Aber das geht gar nicht, man kommt sofort ins Stolpern. Wir lachen. Ich überlege. Ist vielleicht gut zu wissen: Niemand kann wirklich in die Fußstapfen eines anderen treten. Wir können höchstens miteinander, nebeneinander gehen, aber eben jeder in seiner eigenen Spur.

Später gucke ich allein aufs Meer und denke über den Vers nach. „Gott, du stellst meine Füße auf weiten Raum." Ein toller Satz. Das gibt mir ein Gefühl von Freiheit. Und wer weiß, wo es nach den Ferien hingeht. Jedenfalls werde ich meinen Weg machen. Ich hab Vertrauen.[6]

Was der Sand erzählt

Ich habe mich einfach mal umgedreht
schau zurück auf die Spuren im Sand
bleib ich länger stehen hat sie der Wind verweht
was hat überhaupt Bestand

Ich bleibe hier für dieses kleine Glück
den Blick auf das weite Meer
keinen Schritt mehr nach vorn und auch keinen zurück
zu halten war gar nicht schwer

Was die Zeit besteht
wie es weiter geht
hat der Sand erzählt
wie vom Wind verweht

Was hat noch Bestand
zählt als Unterpfand
liegt in deiner Hand
das erzählt der Sand
nichts bleibt wie es einmal war
wunderbar

Ich habe mir nichts weiter vorgenommen
was hier zählt ist nur die Idee
zwischendurch einfach so eine Düne erklommen
neue Chancen soweit ich sehe

das Schöne genießen und das Gute tun
das ist alles was wirklich zählt
zurückgekehrt auf die gewohnte Bahn
frag ich nur noch wer ist dabei
macht der Morgen das Ganze neu

SELFIE

Selfie, das. Substantiv, Neutrum. „Mit der Digitalkamera des Smartphones oder Tablets meist spontan aufgenommenes Selbstporträt einer oder mehrerer Personen“ – so beschreibt es der Duden.

Seit Jahren erlebt das digitale Selbstporträt einen Boom. 2010 erschien das erste Smartphone mit einer Frontkamera. Doch erst Facebook, Instagram und andere soziale Netzwerke machten das Selfie zu dem, was es heute ist: nicht nur ein Selbstporträt, sondern eines, das man mit anderen teilt. Wie sehe ich aus, wo bin ich, und mit wem bin ich zusammen? Die Selfiesammlung auf der Zeitleiste bei Facebook wird zum sozialen Kapital.

Die meisten Leute machen gern Selfies. Und zwar nicht nur einfach so auf einer Reise, die Sehenswürdigkeit im Hintergrund, oder im Restaurant mit Freunden rechts und links. Nein, heute gibt’s das „Belfie“, das ist ein „Butt-Selfie“, ein Foto vom eigenen Hinterteil, ganz vorn ist dabei Kim Kardashian; oder das „Delfi“, also ein „Dog-Selfie“, ein Selbstportrait mit Hund, und sogar „Chelfies“, „Church-Selfies“, das heißt Selfies vor einer Kirche.

Ist das immer bloß eigensüchtige Selbstdarstellung? Selfies gibt's nicht erst seit wenigen Jahren. Dürer und Rembrandt sind prominente Vertreter des Selbstporträts in der Kunst. Vor 500 Jahren entdeckte man, dass zum Menschsein eine eigene Persönlichkeit gehört, dass wir Individuen sind mit eigener Meinung und eigenem Selbstbewusstsein. Dürer könnte heute übrigens noch locker mit Kim Kardashian und Co. mithalten. Von ihm gibt es viele Selbstbildnisse, etwa als Jugendlicher oder im Bett auf einem Kissen – und sogar „Belfies" sind dabei, damals vornehm „Akt" genannt.

Neue Untersuchungen zeigen: Selfies können das Selbstvertrauen stärken. Jeder kann auf einmal selbst definieren, was Schönheit ist. Und es gibt einen neuen Trend: Viele zeigen sich ungeschminkt, so wie sie sind. Zum Beispiel morgens nach dem Aufstehen, verwuschelt und müde. Das soll wohl heißen: Damit schaff ich's nicht auf den Titel von *Vogue* oder *Men's Health*, aber das bin ich, ich steh dazu. Und du? Bist nicht viel anders.

In Skandinavien werden Selfies schon als Therapiemittel eingesetzt, um das Selbstwertgefühl zu steigern. Dann zeigen sie: Du musst dich nicht immer weiter selbst optimieren, du bist schön, so wie du bist. So gesehen sind sie gar nicht schlecht, die „spontan aufgenommenen Selbstporträts einer oder mehrerer Personen".[7]

HALLO ANGST!

Es ist dunkel. Vorsichtig setze ich einen Fuß vor den anderen. Stufe für Stufe gehe ich hinunter. Die Luft ist feucht, es riecht modrig. Unten taste ich nach dem alten Lichtschalter. Einmal drehen, klick. Endlich Licht im Keller!

Es sieht fast so aus wie früher. Nur die Einmachgläser meiner Großmutter stehen heute nicht mehr da, wo sie damals waren. Das alte Regal ist wohl noch hier und die alten Gefühle erkenne ich auch wieder.

Als ich Kind war, war der Keller ein Ort der Angst. Wehe, ich musste etwas raufholen. Zum Beispiel ein Glas Marmelade. Jedes Mal bekam ich weiche Knie. Was, wenn da unten jemand lauerte? Im Licht griff ich dann sofort zu einem Glas und rannte blitzschnell wieder nach oben. Wenn ich es geschafft hatte, fühlte ich mich mutig und stark. Auch das weiß ich noch ganz genau. Ich kann es geradezu noch fühlen. Offenbar habe ich schon als Kind genau gespürt, dass es wenig Sinn hat, die Angst zu meiden und einfach nie in den Keller zu gehen. Ich ging, um zu gewinnen. Das war der Deal.

Gut gemacht, würden Psychologen heute sagen. Menschen, die viel mit Ängsten zu kämpfen haben, versuchen sie zu erklären, dass nicht die Angst das Problem ist, sondern die Angst vor der Angst. Man kann geradezu üben, dieses ängstliche Gefühl anzunehmen und seine guten Seiten zu erkennen. Denn: Ein Leben ohne Angst gibt es nicht. Sie gehört einfach dazu.

Zum Beispiel, wenn im Kinderzimmer eine Spinne an der Wand sitzt. Dann werden Vater oder Mutter gerufen, dass sie helfen sollen. Alle sind erleichtert, wenn die Spinne gefangen ist und ins Freie befördert wird.

Oder: Meine Band hat einen großen Auftritt. Das neue Programm. Wir haben geprobt bis zum Umfallen. Jetzt ist der Moment da. Das ganze Forum ist voll besetzt. Die Sängerin greift zu den Rescue-Tropfen. Die sollen beruhigen.

Ich denke an dieses Bild, das ich irgendwann gefunden habe und das auf meinem Schreibtisch steht. Eine Art „Hab keine Angst, das wird gut"-Foto: Eine junge Frau auf einer Vespa, volle Fahrt voraus. Sie guckt zur Seite, strahlt in die Kamera, die Haare wehen im Wind. Beide Hände hat sie fest am Lenker, sie lehnt sich leicht zurück und streckt die Beine frech nach vorn in die Luft. Das sieht nach Riesenspaß aus. Trotzdem hat sie alles im Griff.

Dann murmele ich meinen Mutmach-Satz vor mich hin: *Ich bin vollkommen ruhig und gelassen. Ich vertraue auf mein Können.* Der Drummer zählt den ersten Song an, ich drehe den Bass auf, und denke: *Jetzt gebe ich Gas und will nur noch genießen.* Und so kommt es, ein Song nach dem andern. Als der letzte große Applaus anhebt, spüren alle: Wir haben es geschafft! Ein gutes Gefühl.

Ohne Ängste ist das Leben nicht zu haben. Die Angst, etwas nicht zu schaffen und zu versagen; die Angst, zurückgewiesen zu werden; die Angst vor einem schwierigen Gespräch, vor dem großen Auftritt, vor der alles entscheidenden Frage. Experten sprechen schon von einem „Zeitalter der Angst". Manche machen den immer stärkeren Leistungsdruck im Beruf dafür verantwortlich, andere sehen einen Grund dafür in einem immer schwächer werdenden sozialen Zusammenhalt. Wieder andere meinen, dass fehlender religiöser Halt für tiefer gehende Ängste verantwortlich ist. Bleibt die Frage, wie wir damit umgehen.

Kinder rufen nach Vater oder Mutter, klar. Oder sie üben und sagen sich: Ich schaffe das. Und die Erwachsenen? Das mit dem Üben ist immer noch ein guter Weg. Warum nicht das schwierige Gespräch im Geiste schon mal durchgehen und vorwegnehmen, was der andere wohl sagen wird? Dann sind die Gedanken und Stimmungen nicht mehr so neu, sondern schon bekannt. Oder die ängstlichen Gefühle als alte Bekannte begrüßen: *Hallo Angst, auch schon wieder hier?* So lässt sich mit etwas Abstand und Humor viel leichter annehmen, was ohnehin da ist.

Mir helfen kleine Tricks: Das Bild von der jungen Frau auf der Vespa. Oder bestimmte Mutmach-Sätze. Klingt seltsam, hilft aber. Eigentlich rufe ich nur das Vertrauen wach, das ja gleichzeitig auch immer in mir ist. Und manchmal hilft es, wenn ich jemanden finde, mit dem ich reden kann. Über den Stress, auf dem die Ängste trefflich gedeihen, über Gefühle, die ich lange verborgen hielt, über Veränderungen, die vielleicht wirklich anstehen. Und merke erst dabei, was mir meine Ängste zu erzählen haben und wie ich daran wachsen kann.

Manchmal, wenn es wirklich tief geht, versuche ich auch, zu beten. Denn ich weiß, Gott ist auch noch da. Er sagt: „Hab keine Angst, ich bin bei dir. Lauf nicht weg, ich bin dein Gott" (nach Jesaja 41,10). Das stärkt mich. Es gibt mir das sichere Gefühl, dass ich es schaffen kann.[8]

Sichere Seite

Ich bleibe auf der Straße stehn
trübe ist mein Blick
plötzlich kann ich nicht mehr gehen
nicht vor und nicht zurück
Wo bist du? Wo bin ich? Wo sind die andern hin?
Ich greif nach deiner Hand damit ich nicht versink

Ich bin mit dir im Zirkuszelt
oben auf dem Seil
wenn jetzt einer von uns fällt
wie wird das wohl sein?
Nur ein Schritt kommst du mit siehst du da dieses Netz?
Ich lass mich mit dir fallen und bleibe unverletzt

Du stehst ganz vorne ganz ohne zu zögern
wenn ich noch lerne kannst du alles ändern
und kommt der Ernstfall denk ich noch das ist ein Test
Du ziehst mich auf die sichre Seite
und hältst mich fest

HEUTE GESCHLOSSEN

Es gibt so Tage, da möchte ich ein Schild vor die Tür hängen: Heute geschlossen. Will einfach nur meine Ruhe haben. Mit einer warmen Decke auf dem Sofa sitzen, einen heißen Tee trinken und in den Regen gucken. Mir keine Sorgen machen und keine Gedanken.

Meistens habe ich jedoch Pech und die Ruhe kommt nicht. Gedanken tauchen auf und drehen ihre immerwährenden Runden in meinem Kopf. Mein Herz ist unruhig und sorgt sich doch. Da ist mein Vater, der jetzt alt wird und krank ist, die Kollegen im Büro, die wieder etwas anders verstanden haben als ich, der Abfluss in der Küche, der noch immer verstopft ist, die Nachrichten im Fernsehen, die auch heute dieselben sind wie jeden Tag. Von wegen „Heute geschlossen". Das ist gar nicht so einfach.

Meistens stehe ich dann auf und räume auf. Irgendwas geht immer. Die letzten Reste von gestern Abend, ein Stapel CDs, die Schulsachen auf dem Esstisch, die Gläser in der Küche. Ehrlich gesagt: Das macht Spaß! Zug um Zug wird es immer ordentlicher. Ich schnappe mir sogar den Staubwedel. Bringe das Altpapier raus.

Irgendwann sieht es bei uns fast so aus wie in „Landlust“ oder „Schöner wohnen“. Das tut gut! Es gibt Samstage, da kommt dann plötzlich die Sonne raus, und ich bekomme Lust auf einen kleinen Spaziergang über die Felder. Ich schaue, was die anderen zu Hause so machen. Vielleicht nimmt sich unsere Tochter das Longboard und wir gehen alle mal eine Runde an die frische Luft. Lassen uns mal durchpusten und haben Zeit zum Quatschen. Wann besuchen wir meinen Vater tatsächlich, wie könnte das mit den Hausaufgaben anders gehen und was kochen wir heute Abend Leckeres? Ehe ich mich versehe, habe ich äußerlich und innerlich aufgeräumt. Und das ist es, was mich zur Ruhe bringt.

Äußerlich und innerlich aufräumen. Was ist eigentlich so schwer daran? Wovor hab ich Angst? Dass ich plötzlich etwas finde, was ich lieber nicht sehen möchte? Auf etwas stoße, dem ich mich lieber nicht stellen möchte? Hat das schon wieder mit Vertrauen zu tun?

Es gibt nicht nur solche Tage, es gibt ganze Zeiten im Jahr, da will ich insgesamt frei werden von all dem Staub und all den ungeklärten Dingen. Da will ich aus dem Trott kommen und etwas anders machen. Durchatmen und klar sehen.

Die Fastenzeit zum Beispiel zwischen Aschermittwoch und Ostern. Manche Leute verzichten dann sieben Wochen auf Schokolade oder Rotwein. Kann man machen. Das tut auch gut. Es zeigt wenigstens an einer Stelle, was zu viel ist, was vollstopft oder die Sinne vernebelt. Sieben Wochen ohne, das macht frei. Meistens fallen diese Wochen in den Februar.

Jetzt hab ich gelesen, dass „februare" ein lateinisches Wort ist und so viel heißt wie „reinigen". Das passt ja.

Das Motto „7 Wochen ohne" bringt jedes Jahr Millionen Menschen aus dem Trott. Man kann sich einen Fastenkalender bestellen und bekommt dann jeden Tag einen Denkanstoß in Text und Bild, man kann eine Fastenmail abonnieren, dann kommt der „Störfaktor" täglich auf den Monitor, man kann sogar eine Gruppe Gleichgesinnter finden, mit denen man sich trifft und austauscht. Viele Menschen verzichten in der Zeit nicht nur auf Schokolade oder Alkohol, sondern folgen der Einladung zum Fasten im Kopf: sieben Wochen lang die Routine des Alltags hinterfragen, mal eine neue Sicht einnehmen, neu entdecken, worauf es ankommt im Leben.

Aufgeräumt hab ich schon. Die ersten Gedanken sind sortiert und das Schild „Ruhetag – Heute geschlossen" nehme ich wieder ab.[9]

ZWISCHENZEITEN

Das Schlimmste ist die Zeit dazwischen. Endlich habe ich den Termin beim Arzt, bin auch pünktlich da – aber jetzt muss ich warten. Ein paar Zeitschriften liegen herum, zwei ältere Damen tauschen Krankengeschichten aus. Soll ich etwas lesen oder bin ich sowieso gleich dran?

Beim Einkaufen lande ich fast immer in der falschen Schlange. Ich schiele schon in die Einkaufswagen: Wer hat viel, wer hat wenig, wo könnte es schneller gehen? Aber dann gibt es genau vor mir ein Problem mit einem Kassenbon, und der ganze Betrieb wird minutenlang aufgehalten. Typisch.

Selbst im Büro tappe ich in solche „Zwischenzeiten". In zwanzig Minuten ist der nächste Termin, die ersten Teilnehmer der kleinen Arbeitsgruppe kommen bestimmt schon etwas früher. Lohnt es sich, am Schreibtisch noch etwas anzufangen?

Das Schlimmste ist die Zeit dazwischen. Oft wissen wir mit diesen Zeiten nichts anzufangen, viele sehen sie als verlorene Zeit an. Das Eigentliche kommt ja erst noch. Wenn ich dran bin, wenn die Halbzeitpause vorbei ist, wenn die Kundin vor mir endlich fertig ist.

Zwischenzeiten – am liebsten würde ich sie viel entspannter angehen. Ein Freund von mir hat immer etwas zu lesen dabei. Zückt im Supermarkt die Fachzeitschrift, lernt im Wartezimmer für eine Prüfung. Er will die Zwischenzeiten ausnutzen. Ist das die Lösung?

Nein, auf mich wirkt das viel zu stressig. Eine Freundin ist da viel gelassener. Sie sagt: „Es ist doch egal, ob ich mich über das lange Warten aufrege. Schneller geht's dadurch auch nicht." Alles hat seine Zeit, so die biblische Weisheit. Auch die ungewollte Pause.

Ich will diese Zwischenzeiten nicht mehr als ungewollte, sondern als *unverhoffte* Pausen ansehen. Dann denke ich nicht an den nächsten Termin, zähle nicht die Einkaufswagen, sondern atme durch und beobachte in Ruhe die unterschiedlichen Typen in der Warteschlange. Manchmal spreche ich auch einfach im Wartezimmer oder auf dem Bahnsteig jemanden an. Mit etwas Glück gibt es eine interessante Begegnung. Vielleicht lerne ich jemanden kennen, vielleicht freue ich mich für zwei Minuten an den leuchtenden Augen meines Gegenübers.

Eigentlich ist unser ganzes Leben eine Zwischenzeit, zwischen Geborenwerden und Sterben. Alles hat seine Zeit. Schweigen und Reden, Warten und Handeln. Arbeiten und Ruhen. Menschen brauchen regelmäßig eine Zwischenzeit. Eine Pause, die alle Arbeit unterbricht. Eine Chance innezuhalten und dankbar zu sein für alle Lebenszeit.

Die kleinen Wartezeiten im Alltag geduldig anzunehmen ist eine große Kunst. Sie als Lebenszeit schätzen zu lernen verändert viel. Immer wieder ganz im Augenblick zu leben – das nehme ich als Aufgabe für meine Zwischenzeiten. Dann gehe ich ganz anders durch den Tag. Neugierig auf die unverhofften Pausen.[10]

Deine Zeit

Siehst du diesen Schilderwald
jedes weist zum Glück
jedes zeigt nur hier entlang
und weist auf dich zurück

Genieße die Momente
halt inne sei bereit
genieße die Momente
denn das ist deine Zeit

WIR AMÜSIEREN UNS ZU TODE

Noch ein paar Minuten, bis der Zug kommt. Ich schaue mich um, und auf einmal fällt es mir auf: Er, sie, sie auch, der Mann dahinter: Jeder hat ein Smartphone in der Hand. Oder so was Ähnliches. Alle starren auf ihr Handy oder Tablet. Wie lebensgroße Roboter. Der Mann mit Aktentasche im Anzug, der daneben im Blaumann, die Schülerin mit dem bunten Rucksack.

Was machen sie da bloß alle? Schon die ersten E-Mails checken? Verpasste Anrufe nachsehen, mal eben online die Zeitung durchblättern? Bloß nichts verpassen? Vielleicht wird auch der Bahnsteig gefilmt: *Guck mal, da bin ich gerade!* Oder die Wetter-App aufgerufen. Sie zeigt blitzschnell, wie das Wetter ist. Jetzt, hier.

„Wir amüsieren uns zu Tode" schrieb Neil Postman schon Mitte der 80er-Jahre. Sein Buchtitel war in aller Munde. Dabei dachte er nur ans Fernsehen, die Flut der Bilder, die Vermischung von wichtigen Inhalten und schlichter Unterhaltung. „Fernsehen wurde nicht für Idioten erschaffen – es erzeugt sie", sagte Postman schon damals.[11] Bilder seien schnell und kurzlebig. Wir Menschen könnten irgendwann nicht mehr unterscheiden, was wichtig und was unwichtig ist. Wir amüsierten uns zu Tode. Das war 1985, das Internet war noch gar nicht erfunden, die Terminkalender waren aus Papier, man hatte vielleicht einen Anrufbeantworter, aber kein Handy.

Und heute? Schaue ich auf 15 Roboter, die auf einen kleinen Monitor starren wie ferngesteuert. Pardon, auf Menschen, die auf ihren Zug warten, morgens um 7:00 Uhr am Bahnhof.

Zugegeben, ich hab auch so ein Ding. Ich muss erreichbar sein, auch wenn ich unterwegs bin. Die To-do-Liste kann ich jederzeit anklicken. Manchmal mache ich mir Notizen. Mehrmals am Tag checke ich meine E-Mails. Alles ist schneller geworden. Manche rufen mich auf dem Handy an und wundern sich, dass ich das erst nach einem halben Tag merke. Jemand meldet sich mit aufgeregter Stimme: „Ich habe Ihnen schon vor zwei Stunden eine E-Mail geschickt, haben Sie die nicht bekommen? Ich brauche dringend Ihre Antwort." Wirklich? Dringend? Von mir?

In solchen Momenten merke ich, dass ich mich von dieser Schnelligkeit nicht bestimmen lassen will. Ich brauche Zeit. Ich will die Dinge bedenken. Ich möchte entscheiden können, was ich tue und was nicht. Was wichtig ist und was von mir aus warten kann.

Manuela Schwesig, Ministerpräsidentin in Mecklenburg-Vorpommern, hat sich für einen wirklich terminfreien Sonntag in der Politik stark gemacht. Keine Feste, keine Vorträge, kein Koalitionsausschuss, am liebsten nicht mal zu Anne

Will. Stattdessen einen Tag frei haben und frei sein von allen Aufgaben und Terminen.

In Frankreich macht ein Buch Furore, das den guten alten Mittagsschlaf lobt. Und zwar als Akt des Widerstands. Der Bestseller von Thierry Paquot ist auch auf deutsch erschienen. Der Kampf um den freien Sonntag oder die Kunst des Mittagsschlafs, das ist nicht witzig, naiv oder unpolitisch. Es sind Nadelstiche gegen die Auswüchse des Kapitalismus. Immer mehr und immer schneller geht einfach nicht. So hat Gott die Welt nicht geschaffen und den Menschen nicht gemeint. Wir Menschen sollen nicht nur arbeiten, sondern auch leben. Dazu gehören Pausen und freie Tage, dazu gehören Abstand und Unerreichbarkeit. Dann gibt's immer mehr von dem, was wir brauchen: Muße, echte Begegnungen, bewusstes Nachdenken, eigene Entscheidungen.

Mein persönlicher Widerstand sieht so aus: E-Mails rufe ich nur noch dreimal am Tag ab, zweimal am Tag mache ich eine halbe Stunde Pause, und neben der To-do-Liste führe ich auch eine To-rest-Liste. Für alles, was warten kann. Die Welt wird damit leben müssen, dass ich ein Mensch bin. So und nicht anders hat Gott mich geschaffen.[12]

IMMER WIEDER SONNTAGS

Meine Kalender-App auf dem Smartphone fragt mich, ob meine Woche sonntags oder montags beginnen soll. Wie möchte ich den Kalender haben?

Meine Woche beginnt sonntags. Sonntage sind etwas Wunderbares. Viele Menschen zeigen das mit besonderen Gesten. Frühstück nicht in der Küche, sondern am großen Tisch im Wohnzimmer. Brötchen, Sonntags-Ei, Radio. Die Großeltern erzählen sogar vom Sonntagskleid. Eltern und Kinder zogen zum Kirchbesuch etwas Besonderes an. Manche Familien machen es heute noch so. Und nachmittags verabreden sich die Kinder zum Spielen oder die Familie macht einen Ausflug. Sonntag ist nicht Alltag. Schön, wenn das so ist.

Klar, es gibt nicht immer und überall so schöne Sonntage. Für manche geht das Wochenende in die lange Phase, den Kindern wird langweilig, mancher sitzt auf seinem Zimmer und sieht fern. Andere sind selbstständig und bereiten am Sonntag schon mal vor, was sie am Montag brauchen. Dann sitzen Vater oder Mutter am Schreibtisch. Der Computerfachmann wird auch sonntags angerufen und soll helfen. Die

Tierärztin muss raus zu einem Notfall. Die Krankenschwester und der Altenpfleger haben Dienst. Und auch zu Hause ist zu viel liegen geblieben. Die Wäsche muss gemacht werden, mit der Renovierung muss es weitergehen.

Dann spüren die meisten: So ist das nicht gemeint. Alltag und Sonntag sollen sich unterscheiden. Jede Woche. Genauso wie in größeren Abständen Arbeit und Urlaub, Ferien und Schule. Das Leben soll nicht immer im gleichen Takt ablaufen, es braucht einen Rhythmus. Es soll beschwingt sein. So hat es sogar Gott schon vorgelebt: Ein Wechsel von Arbeit und Ruhe. Nicht, damit wir am Montag wieder gut arbeiten können, denn dann würde die Arbeit ja sogar noch die Ruhe bestimmen. Sondern weil wir alles Leben Gott verdanken, das stressige und das ruhige, und deshalb sollen wir in diesem Rhythmus leben.

Alle sieben Tage einen Tag frei haben, das geht auf die Bibel zurück. In der jüdischen Tradition ist es der Sabbat, in der christlichen der Sonntag. In biblischer Zeit wurde die Idee noch ausgeweitet: Alle sieben Jahre hatte das Land frei. Dann sollte der Acker nicht bestellt werden, sondern zur Ruhe kommen. Und das, was wuchs, fiel den Armen zu. Ein Sabbatjahr für das Land. Dann erst begannen Saat und Ernte von Neuem.

So sollte es sogar mit den Schulden sein, sagen die biblischen Texte. Wenn sich jemand verschuldet hat, eine schlechte Ernte hatte, lange krank war oder sich einfach verspekuliert hatte, dann sollte er nicht ewig auf den Schulden sitzen bleiben. Noch nicht mal so lange, bis alles bezahlt war. Nein, alle sieben Jahre sollte es einen Schuldenerlass geben. Dann wird die Restschuld erlassen, und die Freiheit wird wieder hergestellt. Nach sieben Jahren gibt es einen neuen Anfang.

Unsere Gesetze haben sich das abgeguckt: Wer heute private Insolvenz beantragt, der ist nach sieben Jahren schuldenfrei. Länger soll die Last nicht drücken. Die Sieben – sie steht nicht nur für „frei haben", sondern auch für „frei sein". Immer wieder neu anfangen dürfen. Fast wie beim Tanzen: Irgendwann geht's wieder auf die eins.

In diesem Rhythmus schwingt das Leben. Wir verdanken es Gott. Jeder Sonntag erzählt davon. Immer wieder sonntags sollen alle frei haben und frei sein. Am Sonntag geht alles zurück auf Start. Deshalb fängt mein Kalender sonntags an.[13]

JA ODER NEIN

Dortmund oder Schalke, Kölsch oder Pils, Kaffee oder Tee – manche Entscheidungen stehen ein Leben lang fest. Da gibt's kein Vertun; da wird man quasi hineingeboren. Aber der Rest? Ist ziemlich offen. Versteht sich längst nicht mehr von selbst. Alles muss laufend entschieden werden.

Das fängt beim Einkaufen an. Ich möchte eine Salami und stehe vor mindestens zehn verschiedenen Sorten. Aus Rind oder Geflügel, mit Kräuterrand oder Pfeffer – gibt's nicht auch eine ganz normale?

Die vielen kleinen Entscheidungen fallen mir oft schwer. Am Sonntagabend Tatort oder Talk, im Urlaub Italien oder Irland, am Samstag ins Museum oder doch lieber in die Stadt? Ständig droht man etwas zu verpassen.

Nur die großen Entscheidungen, die sind mir leicht gefallen: Was ich werden will, auf welche Stelle ich mich bewerbe, dass ich meine Frau heirate.

Doch selbst das war früher anders. Da hatten die meisten Menschen gar nicht so viele Möglichkeiten. Die Lebenswege waren im Grunde vorgezeichnet. Menschen taten dieses oder jenes, weil die Eltern es vorgaben, weil es so üblich war, weil sie Mann oder Frau waren oder aufgrund ihrer Bildung gar keine andere Wahl hatten. Zum Glück ist das heute anders. Menschen können wählen. Wir sind frei zu entscheiden.

Ich mag Menschen, die sich klar entscheiden können. Da weiß man, woran man ist. Kein „mal sehen“, „weiß nicht“ oder „vielleicht“, sondern „ja“ oder „nein“. Jesus hat das mal so auf den Punkt gebracht: „Eure Rede sei ja, ja oder nein, nein. Was darüber ist, das ist von Übel“ (Matthäus 5,37). Das ist ein richtiges Sprichwort geworden.

Sich zu entscheiden heißt ja immer auch zu etwas zu stehen. Manchmal verzweifle ich in dieser Hinsicht an meiner Kirche. Stellungnahmen von ganz oben klingen oft so unentschieden, so abgewogen. Als wolle man keinem auf die Füße treten.

Sollen schwerstkranke Patienten selbst entscheiden dürfen, dass sie keine lebensverlängernden Maßnahmen mehr wünschen? Ja, denn das ist Ausdruck von Freiheit und Autonomie. Aber nicht immer, denn das Leben muss doch auch geschützt werden. Was denn nun, ja oder nein? Wird das Leben etwa geschützt, wenn das Sterben verlängert wird? Oder: Stichwort Bundeswehr. Können Christen da mitmachen? Nein, denn Krieg soll nach Gottes Willen nicht sein, und auf Befehl töten ist für Christen keine Option. Aber in bestimmten Fällen ist Gewalt doch unvermeidbar. So so. Das Grundgesetz spricht immer noch vom Recht auf Kriegsdienstverweigerung. Meine Kirche findet am Ende eine weiche Formulierung: Das sei auch das deutlichere Zeichen. Ist das ein Ja oder ein Nein? Es ist mal wieder irgendwo dazwischen.

Bleibe ich also bei meinen eigenen Entscheidungen. Den Kriegsdienst habe ich mit 19 verweigert. Freiwilligenarmee hin oder her, das finde ich immer noch richtig. Etwas anderes kann ich mit meinem Gewissen nicht vereinbaren. Die Patientenverfügung ist formuliert und liegt an einem festen Platz. Übrigens sehr ausführlich mit vielen kleinen Entscheidungen: Wann soll sie gelten, was soll noch gemacht werden, was nicht? Es gibt da sehr gute Formulierungshilfen. Damit die Ärzte nach dem Unfall nicht dastehen und überlegen müssen: *Was meint er denn nun: ja oder nein?*

Vielleicht ist das die Pointe bei dem Sprichwort aus der Bergpredigt: Hauptsache entscheiden. Abwägen, das Risiko kennen, aber dann zu etwas stehen. Position beziehen. Mit der nötigen Portion Selbstvertrauen. Das heißt auch, etwas aus dem Leben machen, da wo ich bin. In den großen Fragen und in den kleinen Dingen. Nicht: so so, la la – sondern ja ja, nein, nein. Was darüber ist, ist von Übel.[14]

LEERE SCHUBLADEN

„Ich hab schon leere Schubladen", berichtet eine Freundin stolz. Ich bin verblüfft. Meine ganze Garage ist voll und mein Schreibtisch sowieso. Leere Schubladen? Unvorstellbar.

Aber meine Freundin hat aufgeräumt. Erst den Keller, dann die Schränke, sogar Fotoalben hat sie durchgesehen und alles entsorgt, was ihr überflüssig erschien. Dabei wirkt sie seltsam fröhlich und befreit.

Es war nämlich so: Vor etwa einem Jahr starb ihre Mutter. Sie hinterließ ihre Wohnung – mit all den Spuren ihres Lebens. Und mit all den Dingen, die sie besaß. Hausrat und Unrat, Kleidung und Krempel, kostbare Erinnerungsstücke und wertlosen Kitsch. Nichts Außergewöhnliches, und doch ist es unfassbar, was sich angesammelt hatte im Laufe eines langen Lebens. Diese Wohnung musste nun ausgeräumt werden.

Was soll ich behalten? Was kann ich wegtun? Meine Freundin erinnert sich mit sehr wechselvollen Gefühlen an diese Wochen. Oft fiel es ganz leicht, etwas zu entsorgen, dann wieder tat es doch weh, sich von Dingen zu trennen. Manches konnte sie sinnvoll weitergeben, anderes wanderte auf den Müll. Am Ende blieb ein einziger größerer Karton mit den Dingen, die ihr noch wirklich wichtig waren in Erinnerung an ihre Mutter – Spuren eines Lebens.

„Weißt du", sagt sie, „das, was ich da durchgemacht habe, das will ich meiner Familie später einfach nicht zumuten." Und so fing sie an aufzuräumen, schon jetzt, mitten im Leben. Und hat schon leere Schubladen.

Diese Geschichte meiner Freundin hat mir geholfen, mein eigenes Leben zu sortieren, zu entscheiden, was wichtig ist und was unwichtig. Zugegeben, meine Garage hat davon noch nichts gemerkt. Ich packe keine Kartons, aber ich sortiere regelmäßig meine Gedanken und Gefühle.

An jedem Wochenende bin ich wenigstens für eine Stunde nur für mich. Keine Arbeit, keine Gespräche, keine Musik, sondern Zeit nur für mich allein. Da komme ich auf Gedanken, die ich sonst nicht denke. Fragen tauchen auf, die ich sonst gern beiseiteschiebe. Was mich drückt, taucht auf. Wo ich jemandem nicht gerecht geworden bin, was ich versäumt habe, was ich schon lange klären wollte. Dabei schreibe ich Tagebuch, damit mir nichts verloren geht von dem, was mir wichtig ist.

Wenn ich so nachdenke, merke ich auch, dass ich bestimmte Dinge gar nicht brauche. Und sogar das nicht so genau Greifbare, das mich bedrückt, kann ich in dieser Stunde loslassen und wegpacken.

Mit meiner Freundin habe ich noch manches Mal über ihre Aufräum-Aktion gesprochen. Sie strahlt immer noch stolz, wenn die Rede darauf kommt. Ich habe in dieser Zeit wieder gespürt, was ich brauche und was nicht.

Ich brauche jemanden, der mich liebt. Ich brauche eine Aufgabe, die Sinn macht. Ich brauche das Gefühl, dass Gott mich ansieht und mit mir noch etwas vorhat. Dafür braucht es keinen Karton. Aber irgendwann ist auch die Garage dran. Und eines Tages will ich das auch mal sagen können: Ich hab schon leere Schubladen.[15]

DEM EIGENEN URTEIL VERTRAUEN

Meinungsmache, Hetze und Falschmeldungen, Manipulation und Wahlbeeinflussung. All das gibt es in den sozialen Medien. Einzelne Politiker haben schon gegen Facebook geklagt, bis bestimmte Meldungen wieder entfernt wurden. Falsche Zitate und so.

Doch ob wir einer bestimmten Meinungsmache hinterherlaufen, das liegt nicht nur an Facebook, es liegt auch an uns, den Nutzern. Das Netz merkt sich, was ich lese und was mir gefällt, und schlägt mir deshalb ähnliche Themen wieder vor. Wer zum Beispiel eher grün denkt, bekommt lauter Meldungen angezeigt, die ihn darin bestätigen. Einschließlich der Werbung für den Biomarkt um die Ecke. Und wer einmal angefangen hat, rechtspopulistische Seiten zu verfolgen, kriegt immer mehr davon. Auf einmal ist das eigene Denken ziemlich eingeschränkt. Gerade die Populisten wissen das zu nutzen. Viele ihrer Anhänger sind sich bald sicher: Die Welt ist nur so, wie wir sie sehen. Schwarz oder weiß.

Was tun? Wenn ich Zug fahre, hole ich mir jedes Mal eine andere Zeitung: Mal die Süddeutsche, mal die TAZ aus Berlin, mal den Kölner Express, mal die Frankfurter Allgemeine.

Manchmal auch den „Freitag“, das ist die alte Linke, oder die „Junge Freiheit“, das ist die neue Rechte. Grob gesprochen. Ab und zu will ich einfach wissen, wie die ticken. Und ich will nicht nur lesen, was ich sowieso abonniert habe. Ich möchte meinen Horizont erweitern, mal etwas Neues erfahren und eine andere Sicht einnehmen als meine eigene.

Wir haben in den Medien zum Glück eine riesige Vielfalt. Von wegen: „Die Medien ...“ Dass ich nicht lache! Jede Bahnhofsbuchhandlung zeigt etwas anderes: Ein und dieselbe Nachricht kommt mit völlig unterschiedlichen Überschriften daher. Jedes Mal gibt es eine andere Tendenz in der Berichterstattung. Wer seinen Kopf benutzt, kann das erkennen.

Auch sogenannte „Fake News“, die Falschmeldungen im Netz, kann man entlarven. Noch bevor Facebook selbst etwas tut. Auf seriösen Nachrichtenseiten wie tagesschau.de oder heute.de gibt's schon Anleitungen dazu.

Ich möchte, dass Jugendliche in der Schule lernen, kritisch mit den verschiedenen Quellen im Netz umzugehen. Was ich am Bahnhof mit der Zeitung mache, mache ich auf Facebook genauso: Ich schaue mir Seiten an, die mir zwar persönlich nicht gefallen, deren Nachrichten ich aber mal wahrnehmen will. Dann erfahre ich lauter interessante Sachen und auch mein Denken wechselt mal die Richtung.

Okay, manchmal stoße ich auf Extreme, dann merke ich: Wir werden wohl nicht zusammenkommen. Aber ansonsten ist es super. Dann sehe ich nicht nur schwarz oder weiß, sondern die ganzen Zwischentöne. Ich will selbst denken. Meinem eigenen Urteil vertrauen. [16]

Deshalb liebe ich die Dunkelheit

Ich mag das Dunkle
ich zieh durch die Nacht
die Sterne funkeln
auf diesem Weg hat der Mond die Macht
Nur ein Leuchtturm in der Ferne
ansonsten viele Zwischentöne
manche Fragen werden jetzt erst klar

Nie mehr schwarzweiß
ich fang an zu verstehn
ich kann manches schon viel besser sehn
ich bin jetzt bereit
ich nehme mir die Zeit
find all die Nuancen so schön
deshalb liebe ich die Dunkelheit

SO TUN ALS OB

„Papa, ich tu nur so, als ob" – wenn meine Tochter das ankündigt, kann ich mich auf etwas gefasst machen. Mal ist sie Seiltänzerin, mal springt sie mit einem Fallschirm und fliegt durch die Luft. In Wirklichkeit bleibt sie dabei auf dem Teppich, ist ja klar. Doch was ist schon die Wirklichkeit? In ihren Augen sieht die Welt bestimmt ganz anders aus – wenn sie tanzt oder fliegt.

In seinem Buch „Die Wasserträger Gottes" erzählt Manès Sperber, wie sich die Menschen in seinem Heimatort Zablotów in Galizien darauf einstellten, dass der Messias kommt. Der von Gott geschickte Retter, mit dem endlich alles anders wird, er wurde tatsächlich von vielen erwartet. In Sperbers Erinnerungen tauchen lustige Bilder aus seiner Kindheit auf. Die Kinder seines Ortes übten sich nämlich darin, so lange wie möglich auf den Händen zu stehen oder sogar zu gehen. Sie hatten gehört, dass der Messias die Welt auf den Kopf stellen wird, wenn er kommt. Die Kinder nahmen das wörtlich. Nach dem Motto: Dann muss man doch schon mal so tun, als ob.

Ich stelle mir diese Kinder vor, wie ihre Arme zittern, wenn sie versuchen, möglichst lange das Gleichgewicht zu halten, und wie ihre Füße in den Himmel ragen. Verkehrte Welt. Wer trägt hier eigentlich wen? Die Kinder erwarten etwas, das fröhlich macht und ganz anders ist. Etwas, das die gewohnte Ordnung vertauscht. Sie tun etwas, das sie zu kleinen Experten macht – für oben und unten, für alt und neu, für „geht" oder „geht nicht". So erwarten sie, dass Gott kommt. Er stellt die Welt auf den Kopf. Eines Tages. Oder doch schon jetzt?

Jesus sagt: *Das Reich Gottes ist mitten unter euch.* Da könnte etwas dran sein: Wer öfter mal die Perspektive wechselt, findet es vermutlich leichter als andere.

So tun als ob. Manche machen es einfach. Eine Hospizhelferin besucht eine sehr alte Frau im Altenheim. Diese ist verwirrt, sie sagt immer nur die gleichen Sätze. Die Besucherin bleibt dennoch bei ihr. Sie vertraut darauf, dass es etwas bewirkt, wenn sie da ist. Sie tut einfach mal so, als ob. Sie entdeckt: Berührungen tun der alten Dame gut. Dann wird sie ruhiger, und manchmal lächelt sie. Die beiden sind wirklich in Kontakt. Oft sagt sie dann etwas ganz Neues, einen ganz klaren Satz oder zwei. Dann staunen die Schwestern und sagen: *Das haben wir ja noch nie erlebt!*

So tun als ob – manchmal bringt das etwas in Bewegung. Eine Schule in unserem Ort unterhält seit Jahren eine Partnerschaft mit einer kleinen Grundschule am Rande von São Paulo, Brasilien. Dort ist ein ganzes Gebäude abgebrannt und muss völlig neu errichtet werden. *Wie sollen wir das schaffen?*, war die bange Frage. Doch Kinder und Eltern sind voller Ideen: Ein Sponsorenlauf, ein Benefizkonzert, ein Trödelmarkt. Am Ende reicht das Geld. Verkehrt Welt.

Die Perspektive wechseln, dranbleiben, das Leben anders sehen. Vertrauen haben. Nach dem Motto: Das wird schon. Lass ich mich davon anstecken? Ich möchte einen neuen Blick aufs Leben werfen. Einen, der oben und unten vertauscht, der möglich und unmöglich verkehrt. Einen Blick aufs Leben, der auch Gott Raum gibt, diese Welt zu verändern. Ich weiß nicht genau, ob es immer geht. Bestimmt kann man es üben. Einfach mal so tun als ob.[17]

TRÄUM NUR!

„Träum nicht!“, sagt die Lehrerin zu dem Jungen, der mit weit geöffneten Augen vor sich hinstarrt. Der fühlt sich ertappt. Die andern sind schon längst in ihre Rechenaufgaben vertieft. Doch dieser Junge nimmt sich eine kleine Flucht und träumt sich wer weiß wohin.

Jeder kennt diese Tagträume, wenn man einmal abschweift ins Land der Fantasie. Was wäre, wenn ich tatsächlich den Jackpot knacke? Welchen Wunsch würde ich mir zuerst erfüllen? Die Dachwohnung in Berlin, das Traumauto, das kleine Haus am Strand? Oder doch lieber eine Stiftung gründen? Etwas Eigenes auf die Beine stellen, wofür man richtig Geld braucht? Dann das plötzliche Erwachen: Der Jackpot wird nicht kommen, und eigentlich geht's mir doch gut.

Ein andermal geht die Reise woanders hin: Wie wäre wohl das Leben mit dieser anderen Frau? Tiefe Blicke bei Kerzenschein, reden, lachen, sich verstehen. Wunderbar. Dann auch hier ein Ruck: Huch, nein, im Ernst würde ich das gar nicht wollen. Ich bin ja glücklich, sehr sogar.

Wer seine innersten Wünsche so spazieren führt, befindet sich in einem geistigen Modus, den die meisten immer noch unterschätzen: dem Tagtraum. Der ist manchmal angenehm, manchmal beruhigend, manchmal auch peinlich. Macht ja nichts, muss ja keiner wissen.

Solche Tagträume sind gut für das Selbstvertrauen. Sie erzählen von tiefen Wünschen und Sehnsüchten oder auch von ungelösten Fragen und Konflikten. Sie zeigen uns, was wir vom Leben erhoffen und erwarten. Wer mit offenen Augen träumt, ist ganz bei sich selbst. Es ist eine kleine Flucht nach innen. Dann geht es nicht um Arbeit und Aufträge, die zu bewältigen sind, auch nicht um Freizeit, Wellness oder Geselligkeit, sondern um einen Besuch in der eigenen Innenwelt, einer Welt der Bilder, Vorstellungen und Wünsche. Wenn wir tagträumen und fantasieren, sind wir ganz bei uns selbst. Das hält zum Beispiel die Gefühle im Gleichgewicht. Wenn die Welt da draußen uns kränkt oder ärgert oder wütend macht, dann können die kleinen Fluchten uns beruhigen, trösten oder einfach nur erfreuen. So kommt mancher leichter wieder auf Normaltemperatur, als wenn er oder sie sofort die Auseinandersetzung in der Wirklichkeit gesucht hätte. Die kann dann immer noch folgen, aber alles geschieht dann schon viel entspannter.

Im Alltag heißt es oft: „Pass auf, bleib dran, träum nicht!“ Wie schade. Ich finde, ab und zu darf es ruhig heißen: „Träum nur!“ Ich glaube, wir brauchen den Rückzug in die Innenwelt heute sogar mehr denn je. Denn das Leben da draußen fordert immer mehr. Die ständige Erreichbarkeit, die Ablenkung durch immer neue Medien, die Jagd nach Anerkennung und neuen Reizen. Alles spielt sich außen ab, an der Oberfläche.

Deshalb erlaube ich mir die Flucht nach innen von Zeit zu Zeit sehr gern und sage in diesen Fällen zu mir selbst: „Träum nur!"[18]

ICH WAR'S!

Ich wäre am liebsten im Boden versunken. Hatte ich das wirklich vergessen? Das gibt's doch gar nicht! Langsam aber sicher beginne ich zu begreifen und werde dabei immer kleiner. Aber es hilft nichts: Ich war's. Zwei Mitarbeiterinnen mussten am Wochenende richtig arbeiten, um auszubügeln, was ich ihnen eingebrockt hatte. Da half nur eine ehrliche Entschuldigung und am nächsten Tag ein großer Strauß Blumen.

Jeder kennt sie, die kleineren und größeren Patzer im Leben. Gut, wenn die Folgen irgendwie überschaubar waren und sich die Sache wieder einrenken lässt. Schwieriger wird's schon, wenn es um Beziehungen geht. Nachlässigkeiten in einer Freundschaft, Versäumnisse gegenüber den Kindern, eine echte Krise mit dem Lebenspartner, der Partnerin. Menschen machen nun mal Fehler. Doch den meisten fällt es unglaublich schwer, sie einzugestehen. Wieso eigentlich? Es heißt doch, aus Fehlern wird man klug.

Aber das ist leicht gesagt. Tatsächlich werden die meisten eher eine gemischte Bilanz ziehen. Es wird nicht immer alles besser. Manche Fehler macht man sogar immer wieder.

Neben schönen Erfolgen gibt es eben auch echte Fehlschläge, manchmal schmerzliche. Die Mischung entscheidet wohl darüber, ob wir uns selbst als halbwegs erfolgreich ansehen oder eher als „gescheiterte Existenz“ betrachten. Könnte man nicht auch erfolgreich scheitern? Aus Fehlern wirklich lernen?

Es gibt ja Beispiele dafür: Bevor ein Pilot in die neue Maschine steigt, verbringt er Stunden im Flugsimulator. Starts, Landungen, Triebwerksausfall – alles wird geübt. Immer wieder von vorn. Dabei gibt's natürlich so manche Bruchlandung. Jedenfalls auf dem Monitor. Aber steigt der Mann deshalb aus und gibt auf? Nein, er versucht es noch mal und wird es lernen.

Oder: In der Grundschule unserer Tochter wird Plus und Minus mit Hundertern und Tausendern gerechnet. Da kann man sich schon mal vertun. „Ach so, ist ja klar“, ruft sie dann, wenn sie einen Fehler gefunden hat. Irgendwann macht sie es ganz routiniert.

Doch obwohl wir wissen, dass Irren menschlich ist, werden Fehler immer wieder verurteilt und nicht als normal angesehen oder gar als Chance genutzt. *Best Practice. Top-Performance.* Das ist heute gefragt. Alles muss immer noch besser werden. Wer soll das durchhalten?

Die Bibel kennt so manche gescheiterte Existenzen. Eine der stärksten Geschichten ist die von dem Vater mit seinen zwei Söhnen. Der eine lässt sich das Erbe auszahlen und will unbedingt seinen eigenen Weg gehen. Doch er verprasst das Geld und gerät auf die schiefe Bahn. Irgendwann steht er vor dem Nichts – und bereut alles. Sein schöner Lebensentwurf ist gescheitert. Soll er so zurückkehren auf den Hof seines Vaters? Schließlich traut er sich. Er will seinen Fehler eingestehen und wenigstens als Arbeiter bei seiner Familie unterkommen. Und er hat Glück: Sein Vater jagt ihn nicht fort, sondern schließt ihn in die Arme. Er feiert sogar ein Fest für den zurückgekehrten Sohn und nimmt ihn wieder ganz bei sich auf.

Das nenne ich erfolgreich scheitern. Zu den eigenen Fehlern stehen, bereuen, zurückkehren und neu anfangen. Wer sich das traut, ist stark. Wer so verliert, kann nur gewinnen. Mindestens die Achtung vor sich selbst. Und meistens sogar noch mehr: Die andern verstehen und vergeben und fühlen sich noch stärker verbunden als zuvor. So lässt sich leben – auch mit Fehlern.[19]

Du sagst Ja

Es ist noch immer schwer für mich zu glauben
du lässt nicht zu dass andre mich berauben
dass du trotz aller meiner Fehler zu mir stehst
und die Geschichte jetzt für mich doch weitergeht
Du schaust mich an erkennst ganz wer ich bin
und jeder Blick von dir sagt hier gehör ich hin

Du sagst Ja zu meinem Leben
Du sagst Ja egal was war
Du sagst Ja und kannst vergeben
bei dir wird das Leben wahr
Bei dir kann ich endlich frei sein
Bei dir schau ich nicht zurück
Bei dir kann ich endlich ich sein
Du sagst Ja das ist mein Glück

ALLES HAT SEINE ZEIT

Das Wochenende ist vorbei, es ist Montag, es geht wieder los: Die einen müssen die Kinder auf den Weg bringen, einkaufen, zu Hause klar Schiff machen; andere fahren ins Büro, in die Praxis oder in die Werkstatt; wieder andere müssen das alles allein schaffen, bloß hintereinander. Und sogar viele Ruheständler brüsten sich damit, eigentlich seien sie ja im Unruhestand. Kurz: Irgendwas ist immer. Wer heute einfach so Zeit hat, macht sich verdächtig. Die Erfolgreichen sind im Stress, sie haben keine Zeit, sie haben Termine.

Da hat sich tatsächlich etwas verändert in der Gesellschaft. Die meisten sind heute mobil und vernetzt. Ich kann im Café sitzen, mein Notebook aufklappen und arbeiten; schon mal in den Biergarten fahren und übers Handy letzte Dinge im Büro klären. Die Grenzen zwischen Arbeit und Freizeit verschwimmen.

Früher hatte man einfach Feierabend und war natürlich erst am nächsten Tag wieder erreichbar. Der ganze Lebensrhythmus war ein anderer. Die Dinge geschahen eines nach dem anderen und nicht alle parallel und gleichzeitig. Es gab eine Art Grundvertrauen: Die Welt wird nicht untergehen, wenn ich mich erst morgen früh wieder um die Arbeit kümmere, um meine Mutter, um den Gartenzaun. Dieses Vertrauen besagte auch: Es hängt nicht alles von mir ab. Davon, dass ich noch etwas tue oder die neusten Nachrichten als „breaking news" auf dem Handy sehe oder im Familien-Chat noch mitbekomme, was mein Neffe postet.

Muss ich alles wissen, überall dabei sein, alles unter Kontrolle haben? Nein, muss ich nicht. Auch hier gilt: Vertrauen ist besser. Die andern sind auch noch da und morgen ist ein neuer Tag.

„Alles hat seine Zeit", heißt es beim Prediger Salomo in der Bibel. Der Weisheitslehrer führt uns das ganze Leben vor Augen: reden und schweigen, lachen und weinen, aufbauen und abbrechen, pflanzen und ausreißen – all das hat seine je eigene Zeit. Vielleicht soll das auch heißen: Achtet darauf, dass ihr den Dingen *ihre* Zeit gebt! Konzentriert euch auf die eine Aufgabe, die jetzt dran ist! Macht nicht alles gleichzeitig, sondern tut das Wesentliche!

Auf dem Anrufbeantworter eines Kollegen hört man: „Guten Tag, Sie sind verbunden mit dem Anrufbeantworter von … Ich bin gerade unterwegs oder im Gespräch oder arbeite an einer Sache, auf die ich mich voll konzentrieren will. Aber ich rufe gerne zurück." Das beeindruckt mich. Er setzt mit diesem kleinen Text ein Zeichen gegen das Gestresstsein, gegen die Erwartung, dass man immer erreichbar ist und sofort antwortet. Der Kollege hat ja recht: Das Hier und Jetzt verdient unsere volle Aufmerksamkeit.

Zeitforscher sagen, dass wir unsere Zeit dann als sinnvoll verbracht ansehen, wenn wir das Gefühl haben: Ich bewirke etwas oder ich erlebe etwas. Das mit dem Erleben ist einfach: Wenn ich in meinem Alltag immer wieder mal etwas Neues mache, wenn Abwechslung herrscht, dann kommt mir die gelebte Zeit lang und erfüllt vor. Dazu muss man keine Weltreise machen oder jedes zweite Wochenende auf Städtetour gehen. Aber vielleicht mal eine neue Sportart ausprobieren oder bei den Nachbarn klingeln, die man schon immer mal kennenlernen wollte. Das ist aufregend genug. Etwas erleben, das geht immer. Wenn man dann abends auf den Tag schaut und denkt: *Das war heute gut, dafür bin ich dankbar* – dann stellt sich das Gefühl ein: Das war erfüllte Zeit.

Etwas bewirken ist schon schwieriger. Gut, wenn man im Beruf etwas gestalten und verändern kann. Oder wenn Erziehung gelingt. Viele Menschen heute fragen sich: Was ist meine Aufgabe? Sie engagieren sich ehrenamtlich für das Gemeinwohl. Bei der Tafel, in der Flüchtlingshilfe, in einer politischen Partei oder im Hospizverein. Unsere Gesellschaft braucht Menschen, die Verantwortung übernehmen und etwas bewirken wollen. Die sich Zeit nehmen für das Wesentliche. Etwas bewirken stärkt übrigens ganz nebenbei das Selbstvertrauen.

„Alles hat seine Zeit" – bei seinen Beobachtungen spart der Prediger Salomo die schweren Zeiten nicht aus: lieben und hassen hat seine Zeit, Streit und Friede. Manche finden, die Zeiten heute seien ernster geworden. Die Nachrichten seien eine einzige Ansammlung von Krisenherden. Dazu gibt es Gruppen im eigenen Land, die Hass verbreiten und die Gesellschaft spalten.

Umso wichtiger ist für mich die Frage nach meiner Zeit: Was ist heute meine Verantwortung, wofür will ich mich einsetzen, damit die Gesellschaft zusammenhält? Auch hier gilt: Ich kann nicht alles schaffen. Ich muss Vertrauen haben. Aber etwas kann ich immer bewirken – das zu erleben, das ist erfüllte Zeit.[20]

ZEIT ZU WACHSEN

Der Sommer ist herrlich! Die Kinder haben Ferien, viele Erwachsene eine ruhigere Zeit, einige verreisen und erholen sich mal richtig. Na gut, für manche ziehen sich die Ferien irgendwann in die Länge. Trotzdem: Der Sommer ist eine Pause. Zeit um innezuhalten, durchzuatmen, Pläne zu machen.

Bei mir ist das jedenfalls so. Im Urlaub habe ich immer ein kleines Tagebuch dabei. Und oft schreibe ich Ideen hinein, was ich nach den Ferien anders machen will. Oder was ich Neues ausprobieren möchte. In den Ferien kommen Gedanken nach oben, die sonst keine Chance auf Gehör haben. Auf der Dachterrasse in Italien bei einem Glas Rotwein oder auf der Gartenbank zu Hause. Ich höre hin, schreibe sie auf – und genieße weiter den Sommer. Erst wenn die Arbeit wieder anfängt, schlage ich das Tagebuch noch mal auf, spinne die Ideen zu Ende, erzähle anderen davon und fange etwas Neues an.

Es gibt Zeiten im Leben, die sind wie die großen Ferien. Menschen halten inne und orientieren sich neu. Frauen in der Mitte des Lebens, wenn die Kinder groß sind, richten ihr Leben neu aus. Steigen noch mal in den Beruf ein oder suchen sich eine größere ehrenamtliche Aufgabe. Und dann wird auch gleich die Wohnung umgeräumt und ein eigenes Zimmer eingerichtet. Schön, wenn sich so etwas ganz Neues entwickelt.

Auch Männern Mitte 40 sind solche Zeiten nicht fremd. Eine Zusatzausbildung, ein Stellenwechsel, irgendetwas Neues. Ein Freund von mir hat seine Arbeitszeit beherzt um die Hälfte reduziert und ist jetzt in der anderen Hälfte selbstständig. Er macht sich endlich dahin auf, wo er immer hin wollte. Nach den Ferien geht's los. Die ersten Termine mit eigenen Kunden stehen schon im Kalender.

Doch nicht immer geht's gut. Menschliche Pläne und Träume sind immer nur etwas Vorläufiges. Was, wenn das Risiko doch zu groß war und es mit der Selbstständigkeit nicht klappt? Was, wenn sich mitten im Kurs für das neue Ehrenamt herausstellt: Das ist doch nichts für mich, ich hatte mir das anders vorgestellt?

Dann braucht es Vertrauen. Und Zeit zum Wachsen. Wie bei den Obstbäumen, die bei unserem Nachbarn auf der Wiese stehen. Erst im dritten Jahr. Immerhin, inzwischen blühen sie prächtig, und eines Tages werden sie Früchte bringen. Jedenfalls, wenn's gut geht.

Dass neue Dinge Zeit brauchen, davon hat Jesus einmal in einem Vergleich gesprochen; bei ihm ging's um Feigenbäume. Der Besitzer einer Plantage kommt und sieht nach dem Rechten. So weit sieht alles gut aus. Nur mit einem Baum stimmt etwas nicht. Seit drei Jahren bringt er keine einzige Feige hervor. „Hau ihn ab!“, sagt der Besitzer zum

Gärtner. „Er raubt nur dem Boden die Kraft." Doch der Gärtner sagt: „Warte. Ich will die Erde noch einmal umgraben und ihn düngen. Gib ihm noch ein Jahr, vielleicht bringt er doch noch Frucht." Und so geschieht es.

Manchmal brauchen die neuen Ideen noch Zeit. Sie sind noch nicht reif. Wir müssen die Erde noch mal umgraben, frisches Wasser holen, Kraft tanken. Wenn wir tief im Innern überzeugt sind: Das ist sinnvoll, das entspricht mir, da ruht Segen drauf. Dann gibt Gott auch die Kraft dazu.

Selbst wenn andere sagen: Bringt nichts, lass es bleiben, trenn dich davon, sagt Gott: *Ich glaube an dich. Bleibe dabei! Hab Vertrauen! Es kann gelingen. Ich gebe dir Zeit zu wachsen.*[21]

Schlimmstenfalls wird alles gut

Du kannst nicht springen ohne zu fallen
Ich sage dir das geht nicht
Es wird gelingen der Anfang von allem
wie ganz von selbst versteht sich

Was kann passieren im schlimmsten Falle
Stell dir vor was wäre
Du wirst schon merken der Anfang von allem
ist wie ein Sprung ins Leere

Volles Risiko
endlich heil und froh
wir gehen barfuß durch die Glut
schlimmstenfalls wird alles gut

Umarmungen sind gratis –

VERTRAUEN AUF ANDERE

FREUNDLICHKEIT

Nach Ostern in Italien. Mittelmeer, Sightseeing, Straßencafés. Herrlich. Gut, an manches musste ich mich wieder gewöhnen, den Straßenverkehr zum Beispiel, all das Gedränge.

Einmal machten wir Halt bei einer großen Café-Kette. Einen Cappuccino to go und dann an den Brunnen in die Sonne setzen, das war der Plan. Aber die Idee hatten wohl noch andere. Es gab eine lange Schlange. Je näher wir an die Theke kamen, umso mehr fiel es mir auf: Irgendwas war hier heute anders. Wer drankam, bezahlte erst mal und gab dann die Bestellung auf. Mein Italienisch ist nicht gut, aber so viel konnte ich verstehen: Die Kunden bezahlten immer die Rechnung des Vordermanns. Es gab keinen Zweifel, das war der Trick. Bezahlen, was der andere bestellt hat, und dann fröhlich selbst bestellen. Das nenne ich mal freundlich!

Vor mir bestellte jemand einen Latte Macchiato Karamell und einen doppelten Espresso. Kein Problem. Bitte sehr! Und ich? Soll ich jetzt extra zulangen? Nein, hier vertraut man sich gegenseitig. Alle hier blieben im Rahmen mit ihrer Bestellung. Es soll ja freundlich weitergehen. Also orderte ich zwei Cappuccino wie geplant. Danke für die Einladung!

Am Brunnen haben wir noch eine Weile über diese nette Aktion geredet. Das hatte richtig gutgetan, dieser Vertrauensvorschuss. Nicht immer nur das Eigene sehen. Das verändert etwas. Es macht einen Unterschied, ob ich immer nur auf mein Recht poche oder einfach mal freundlich bin. Das könnte sogar auch im Straßenverkehr gehen. Kurz vor der Autobahnausfahrt blinkt jemand und will schnell noch auf meine Spur. Bleib ich stur oder mache ich mit einem Lächeln Platz? Beim Bäcker am Samstagmorgen ist nicht klar, wer als Nächster dran ist. Muss ich mich jetzt durchsetzen? Oder mache ich eine freundliche Geste und sage: „Ich weiß nicht, wer dran ist; bestellen Sie ruhig zuerst."

Nach dem Erlebnis in dem italienischen Café habe ich zu Hause mal zwei Testwochen gemacht und Freundlichkeit im Alltag geübt. Zuerst habe ich mich überprüft: Wie mache ich das normalerweise? Autofahren, einkaufen, mit meiner Tochter reden, etwas im Haushalt machen, telefonieren, mit den Kollegen sprechen? Die Ernüchterung folgte auf dem Fuß: drei zu eins war mein Schnitt. Dreimal war ich neutral oder rechthaberisch, einmal freundlich und mit Vertrauen.

In der nächsten Woche habe ich es umgekehrt gemacht und mich immer neu erinnert: kurz innehalten und bewusst freundlich sein. Das heißt ja nicht, die Frau in der Schlange hinter mir in allzu persönliche Gespräche zu verwickeln oder den Herrn über die Straße zu führen, obwohl der gar nicht rüber will. Aber ich habe nicht um den Parkplatz gekämpft, den ich als Erster hätte erreichen können; was eine Mitarbeiterin übersehen hatte, habe ich schnell selbst gemacht und sie damit überrascht; und am Samstag in der Ausstellung bekamen wir plötzlich eine Freikarte. Wir haben sie direkt an die Familie mit den drei Kindern hinter uns weiterverschenkt.

Was soll ich sagen: Jedes Mal habe ich ein kleines Strahlen geerntet. Das ist das Schöne an der Freundlichkeit. Sie macht nicht nur das Leben der anderen etwas heller, sondern auch das eigene.

Die zweite Woche, die freundliche, fühlte sich viel besser an als die erste. Und zwar für mich! So bringt Freundlichkeit den Alltag zum Funkeln.

Für mich bedeutet es sogar noch mehr: Freundlichkeit bringt nicht nur den Alltag zum Leuchten, sie stellt auch die Welt infrage. Dieses kümmerliche, schlecht gelaunte Prinzip, nach dem das Leben leider so oft läuft und unsere Gesellschaft funktioniert: immer der Erste sein wollen, Erfolg haben, das meiste abkriegen. Das soll sich bewährt haben? Dass ich nicht lache.

Mein Selbstversuch hat es mir gezeigt: Zur Freundlichkeit kann man sich entschließen. Freundlichkeit ist meine kleine Revolution im Alltag. Jenseits von Ellenbogen und Konkurrenz gibt es eine ganz andere Art zu leben.[22]

UMARMUNGEN SIND GRATIS

„Free hugs", „Gratis-Umarmungen" – so steht es auf den Pappschildern in der Fußgängerzone. Drumherum ein paar strahlende Menschen, die Passanten dazu einladen, sich einfach mal umarmen zu lassen. Das passiert jeden Tag in New York, London oder Köln, mitten in der Stadt. Eine tolle Idee. Und es scheint gut zu tun. Immer wieder bleibt dann jemand stehen und nimmt das Angebot an. Und dann strahlen alle noch viel breiter.

Sich zu umarmen, das geht tatsächlich nur zu zweit. Dieses Gefühl, dass mich jemand in die Arme schließt, das kann ich mir nicht selbst geben. Ich kann allein kochen oder ins Kino gehen. Ich kann allein einen guten Rotwein genießen. Ich kann mir Gedanken machen, so ganz für mich. Auch all das mag schöner sein, wenn man es zu zweit oder mit Freunden tut. Aber sich zu umarmen, das geht überhaupt nicht allein, dazu brauche ich einen Menschen, der mich ansieht und mir nahekommt, der mich berührt und mich in seine Arme schließt.

Ich weiß noch genau, wie mich meine erste Freundin das erste Mal umarmt hat. Wow! Ich fühlte mich geliebt und versuchte mich zu erinnern, wann mich das letzte Mal jemand so berührt hat. Die Eltern ihren pubertierenden Sohn schon lange nicht mehr. Ich war traurig und glücklich zugleich.

Als Pfarrer besuchte ich einmal eine Frau im Krankenhaus. Sie wollte unbedingt mit mir sprechen. Als ich da war und ihr zuhörte, verstand ich, dass ihr nicht nur die Operation Sorgen machte. Da war der Mann, der trinkt, das Jugendamt, das bestimmen wollte, wo die Tochter leben soll, die Nachbarn, die Fragen stellten. Auch eine Freundin, die zu ihr hielt und mit der sie reden konnte, immerhin. – Ihr war das alles zu viel. Viel zu viel.

Ich hörte ihr zu, erkundigte mich, fragte, was sie brauchte, überlegte mit ihr, was ein nächster Schritt sein könnte. An ihrem bevorstehenden Geburtstag wollte sie mit der Familie zusammen sein. Aber auch das war kompliziert. Richtig helfen konnte ich ihr nicht.

Am Ende wollten wir uns verabschieden. Da sagte sie: „Darf ich Sie mal drücken?" Wir umarmten uns. Vielleicht sagte sie damit: „Danke." Und ich versuchte ihr zu zeigen: „Verlier nicht den Mut! Du bist wertvoll. Du bist geliebt." Es war eine Begegnung, die mich selbst berührt hat.

Ist es das, was vielen Menschen heute fehlt? Dass wir uns einfach nicht mehr nahekommen? Ärzte, Therapeuten und Heilpraktiker berichten, dass oft die reine Zuwendung schon heilsam wirkt. Dass eine Berührung schon etwas verändert.

In der Bibel gibt es eine eindrückliche Geschichte über so eine Begegnung. Eine Frau bricht in eine Männerrunde ein, die gelehrten Herren essen und trinken und diskutieren gerade über Gott und die Welt. Die Frau gilt als stadtbekannte Sünderin, vermutlich eine Prostituierte. Sie hat kostbares Öl dabei. Als sie Jesus näherkommt, kommen ihr Tränen. Sie fallen auf seine Füße und sie trocknet sie mit ihren Haaren. Sie küsst seine Füße und salbt sie mit dem Öl. Jesus lässt sie gewähren. Die anderen Männer sind entsetzt: „Wie kannst du das zulassen?“ Doch Jesus lässt sie und sagt: „Diese Frau hat Liebe gezeigt.“ Zu ihr sagt er: „Was auch immer geschehen ist, es ist dir vergeben.“

Es steht nicht in der Geschichte, aber ich kann es mir kaum anders vorstellen, als dass auch Jesus sie berührt hat. Vielleicht hat er sie umarmt, vielleicht gesegnet.

Zuhören, den andern wahrnehmen und sich einfach mal umarmen. Aus freien Stücken, einfach weil es guttut. Es kann so viel verändern.[23]

Du

Du kannst mich beruhigen
im Morgengrauen
Aus meinen Tagträumen
holst du mich raus

Du hörst jeden Abend
mein Stoßgebet
Ein Glück dich zu haben
wenn gar nichts mehr geht

Ich muss nicht mehr fragen und ringen
mit dir kann das Leben gelingen
Du umgibst mich von allen Seiten
deine Hand über mir wird mich leiten

Du legst meine Angst
in den Nachttresor
und holst diesen Schlüssel
nie mehr hervor

VERTRAUEN IST BESSER

Jetzt ist sie also da. In Kristianstad, Schweden, eine Gesundheitsstation. Meine gute Freundin Anna fängt hier als Ärztin an. Anna hat die Zelte in Deutschland abgebrochen und stattdessen eine Wohnung in der schwedischen Provinz bezogen. 40 000 Einwohner, hübsch gelegen, direkt an der Ostsee. Ihr Schwedisch ist sehr gut, aber ansonsten ist alles sehr neu.

In Deutschland war sie ein bisschen raus aus dem Beruf. „Macht nichts“, sagt die Kollegin. „Du kannst jederzeit wegen allem fragen.“

Und das macht sie auch, anfangs mehrmals am Tag. Ist das schlimm? Wird sie deshalb schief angesehen? Nein, alle freuen sich, dass sie da ist, und haben Vertrauen. Neues Computerprogramm, neue Abläufe, neues Krankheitsbild? Alles kein Problem.

„Das wird schon“, sagt auch ihr Chef. Nach den ersten zwei Wochen fragt Anna, ob sie nicht erst noch mal mitlaufen könnte, statt gleich so viele eigene Patienten zu haben. Ihr Chef findet, das ist eine gute Idee. Sie ertappt sich bei selbstkritischen Gedanken: *Ich muss doch hier etwas leisten, dafür werde ich doch bezahlt, immerhin bin ich Ärztin.* Als sie noch mal zaghaft zurückfragt, ob das auch wirklich okay ist, mein ihr Chef nur: „Na klar, du kannst ja nur etwas leisten, wenn du hier gut reinkommst in alles."

Anna genießt einen großen Vertrauensvorschuss. Es fällt ihr noch ein bisschen schwer, den anzunehmen.

Am Anfang wundert sich Anna, wie gut sich hier alle kennen. Gut, als sie früher im Studium in Lund ein praktisches Jahr gemacht hat, hat sie sich auch schon sehr wohl gefühlt. Aber das hier ist doch eigentlich der Ernst des Lebens, oder? Den scheinen alle ziemlich locker zu nehmen. Oder gelassen.

Was sie besonders schön findet, ist die „Lika". Das ist eine Art Kaffeepause. Die gibt's gleich zweimal am Tag. Morgens so gegen halb zehn und noch mal nachmittags um halb drei. Dann treffen sich alle, machen Pause, unterhalten sich über die Arbeit, die Familie, das Theaterstück, das gerade Premiere hatte, oder was auch immer. Dazu gibt's etwas Obst oder ein kleines Kuchenteilchen.

Je nach dem, was man für eine Stelle hat, legt man mehr oder weniger in die Gemeinschaftskasse. Alle interessieren sich für die neue Kollegin. Fragen, wie die neue Wohnung ist, ob ihr Freund bald auf Dauer nachkommt. Solche Sachen. Anna erzählt mir, dass das ganz typisch ist in Schweden. Man nimmt an den persönlichen Dingen Anteil. Das hat nichts mit Klatsch und Tratsch zu tun, auch nicht mit Kontrolle, es ist eher fürsorglich.

Astrid zum Beispiel ist alleinerziehend und hat von ihrer Tochter erzählt, die bei der Kinder-Uni einen Vortrag hält. Sie ist neun und hat das Leben der Pinguine erforscht. Als der Tag kommt, ruft Astrid in die Runde: „Ich bin dann mal weg. Ihr wisst schon, der Vortrag an der Kinder-Uni."

„Viel Spaß, wir drücken die Daumen!", ruft ein Kollege zurück. Das passiert einfach so in der Arbeitszeit. Warum auch nicht? Woran auch immer Astrid gerade gearbeitet hat, sie wird später weitermachen. Oder morgen etwas länger bleiben.

„Kontrolliert das denn niemand?", frage ich. Nein, Kontrolle hält man in Schweden für teuer und lästig, erklärt Anna. Man hat Vertrauen in die anderen und man erfährt es auch selbst. Sie musste sich auch erst daran gewöhnen, sagt sie. Zu Hause in Deutschland hätte Astrid für so eine Gelegenheit wahrscheinlich einen Behördentermin erfinden müssen oder Ähnliches. Aber hier ist alles kein Problem. Wenn gerade keine Sprechstunde ist, kann Anna früher gehen und nachmittags spontan mit dem Fahrrad an den Hafen fahren und sich ins Eiscafé setzen, wenn sie möchte. Dann nimmt sie vielleicht den Papierkram mit nach Hause. Oder bleibt irgendwann länger. Ganz, wie sie es möchte.

Sie lernt allmählich, loszulassen und eigenverantwortlich zu handeln. Alle sind total motiviert und jeder übernimmt Verantwortung, sagt sie. Hört sich gut an. Nach dem Motto: Kontrolle ist gut, Vertrauen ist besser. Ich finde, wir könnten uns in Deutschland eine dicke Scheibe davon abschneiden.

AM TISCH

„Der beste Platz ist immer noch am Küchentisch." So sprach mein alter Freund Klaus neulich zu vorgerückter Stunde bei uns. Wir hatten etwas zu feiern, die Wohnung war voller Gäste, zwei Stehtische im Flur, Couchtisch, Esstisch, selbst die kleinen Beistelltische am Fernsehsofa waren hergerichtet. Alle verfügbaren Stühle hatten wir in bunter Mischung arrangiert, Platz genug für rund 30 Gäste, auch wenn's eng war. In lockeren Gruppen an all den verschiedenen Tischen müssten eigentlich alle Platz finden. So war der Plan. Doch weit gefehlt.

Gäste sind ja selbstständig – und ehe wir uns versahen, gab's zwei große Runden. Eine um den Esstisch und irgendwie immer weiter durchs Wohnzimmer und eine in der Küche. Stühle wurden gerückt, alle Ordnung war dahin – und alle aßen, tranken und quatschten in großer Runde.

Klaus war sich sicher: „Der beste Platz ist immer noch am Küchentisch." Und wenn man auf der Kante sitzt oder im Türrahmen lehnt – dabei sein ist alles.

Stimmt schon, Tische haben etwas Verbindendes. Und zusammen essen sowieso. Was mir auffällt: Unsere Wohnungen haben sich schon lange verändert. Bei meinen Schwiegereltern gab's noch eine „Durchreiche". Die einzige Verbindung zwischen Küche und Esszimmer. Man öffnete von beiden Seiten die Türen, und dann konnte man den nächsten Gang durchreichen zum Tisch. Was vorher in der Küche geschah, blieb im Verborgenen. Die Küche war kein Showroom für die neuesten Geräte aus Edelstahl, sondern hier wurde einfach gekocht. Das war Alltag. Und das Essen am Tisch hatte seinen eigenen Platz.

Wir haben heute ein Wohn-Ess-Zimmer mit einer großen Flügeltür zur Küche, die fast immer offen ist. Alles ist durchlässig und flexibel. Der neuste Trend bei manchen Freunden: die Wohnküche. Aber modern. Da sitzt man dann auf schicken Barhockern an einer Theke. Das ist mehr so für Zwischendurch, oder um sich mal allein was zu machen. Eine Art Fastfood-Bereich in der eigenen Wohnung.

Kein Wunder, dass unsere Gäste auf der Fete spontan die Stühle verrückten und in zwei großen Runden zusammensitzen wollten. Das tut gut. Im Alltag gibt's das kaum noch.

Arbeits- und Schulzeiten sind flexibel geworden. Mal kommt unsere Tochter nach sechs Stunden Schule nach Hause, mal erst nachmittags um vier. Meine Frau arbeitet Teilzeit, aber jeden Tag anders. Bei uns wird deshalb abends gekocht. Dann sitzen wir am Esstisch, erzählen, was so los war, sprechen die wichtigsten Sachen ab, lachen, diskutieren Probleme. Das ist Familienzeit, manchmal hart erkämpft.

Früher? Ach, früher. Da gab's feste Zeiten, feste Orte und feste Rollen. Mutter kochte, und die Familie saß pünktlich am Tisch. Für manche klingt das im Rückblick ganz idyllisch. In Wirklichkeit war es oftmals streng geregelt. Der Hausherr hatte das Sagen und die Hoheit über den Braten. „Solange du deine Füße unter meinen Tisch stellst …" Wo der Satz fiel, war klar, dass es irgendwann kracht.

Nein, so idyllisch war es wohl oft nicht. Trotzdem finde ich, lässt sich aus der alten Zeit etwas herüberretten. Es war geordneter und deshalb auch erholsamer. Für alle verbindlich und damit auch klar. Da wurde nicht aneinander vorbeigerauscht und gesagt: „Ich mach mir schnell noch ein Brötchen und bin dann weg", nicht alles zwischen Tür und Angel besprochen, sondern zusammen an einem Tisch gesessen. Und das tut einfach gut. Vielleicht könnte man das heute wieder in den Familienalltag aufnehmen: nicht als strenge Vorschrift, sondern als freundliches Angebot. Denn es stimmt schon: Der beste Platz ist immer noch am Tisch. Und in Ruhe zusammen essen, trinken und reden, das ist ein Segen.[24]

FREUNDSCHAFT?

„Wir haben online so viele Freunde, dass wir für die echten ein neues Wort brauchen." Über diesen Satz bin ich gestolpert. Er tauchte irgendwo in der Werbung auf. Der Film über Mark Zuckerberg und die Entstehung von Facebook lief gerade in den Kinos.

So ist das heute: Menschen sind online in drei verschiedenen sozialen Netzwerken, zählen ihre Kontakte und Freunde. Freunde? Vielleicht brauchen wir wirklich ein neues Wort dafür.

Wer ist wirklich da, wenn's drauf ankommt? Wer lässt mich nicht im Regen stehen, wenn ich mich allein fühle? Ich brauche keine 357 Kontakte, sondern einen Freund, auf den ich mich wirklich verlassen kann. Einen, der mir das Gefühl gibt: Ich bin bei dir. Wo gibt's das noch?

Freundinnen und Freunde sollen heute oft nur für Harmonie sorgen. Eine Auszeit im Stress, eine Gutfühlzone am Rande der Tretmühle. Etwas Schönes erleben, ein paar angenehme Stunden haben. Ist das schon Freundschaft?

Freundschaft muss belastbar sein. Sie muss was aushalten. Mich nämlich. Und ich bin nicht immer nur nett, erfolgreich und gut drauf. Manchmal weiß ich nicht weiter. Manchmal fühle ich mich allein. Dann will ich nach einer Hand greifen können. Mich in den Arm nehmen lassen. Reden. Weinen vielleicht. Ich kann das mit fünf oder sechs anderen Menschen. Das sind meine Freunde.

Gott stelle ich mir auch vor wie einen Freund. Er hat mir versprochen, da zu sein, wenn es schwer wird. Ich brauche mich nicht zu ängstigen, sondern kann vertrauen. Das ist das Wichtigste. Deshalb bleibe auch ich bei ihm. Wie bei einem echten Freund.[25]

Ein Gedicht

Ich lese wirklich gern Romane
aber nur Kapitel eins
Ich mache selten noch Termine
es geht nie weiter wie es scheint

Ich habe immer diese Zweifel
nur Kurzgeschichten halt ich aus
Ich nehm die Spielzeugzaubertafel
und lösch die Bilder wieder aus

Ich brauche dich an meiner Seite
alles geht gut mit dir aus
ich les mit dir die letzte Zeile
finde jeden Weg heraus

Nur ganz selten geht es auf
so wie es dir und mir entspricht
dann steht in meinem Lebenslauf
die ganze Story ein Gedicht

ZWISCHEN HIMMEL UND ERDE

Wow. Ist das hoch! Ich muss den Kopf in den Nacken legen, um die Leute zu sehen, die ganz oben klettern. Zehn Meter hoch ist das Stahlgerüst. Ein Hochseilgarten, hineingebaut in eine Kirche. Auf den Bänken liegen Helme und Gurte. Eine Hängebrücke, ein Netz, frei schwebende Holzbalken – überall klettern Kinder und Jugendliche. Unsere Tochter und ihre Freundin wollten da unbedingt hin. Ein Abenteuer erleben.

„Sich herauszufordern, an seine Grenzen zu gehen, Ängste zu überwinden, sich auf andere zu verlassen, für andere Sicherheit zu bieten, alle diese Elemente kann man in einem Hochseilgarten sehr gut erleben und bearbeiten", sagt der Jugendreferent, der das Gerüst für vierzehn Tage in seine Kirche geholt hat. „Zwischen Himmel und Erde" heißt die Aktion. Und die macht erst mal vor allem Spaß!

Lukas klettert zuerst an einer ziemlich dünnen Strickleiter hoch. Die war eigentlich „Handgröße", meint Selina. Man muss die Füße reinquetschen, damit man überhaupt hochkommt. Dann geht's über eine Hängebrücke aus frei schwebenden Balken, und am Ende kann man sich abseilen lassen.

Franziska findet das Abseilen am Besten. Interessant ist ihre Begründung: „Ich hab zuerst gedacht, das will ich vielleicht doch nicht machen, aber dann hab ich es trotzdem gemacht und dann macht's halt auch total Spaß."

Manchmal muss man sich offenbar selbst überwinden. Eine Sache des Vertrauens. Paulina hat am meisten Spaß mit einem frei hängenden Seil. Sie steht mit einem Fuß in einer Schlaufe und muss sich dann mit eigener Körperkraft Zug um Zug hochziehen. Und dann schwebt sie mitten in der Kirche fünf Meter über dem Boden. Ein tolles Gefühl.

Lukas wundert sich über das große Netz, das senkrecht herunterhängt und an dem viele Leute nebeneinander heraufklettern: „Da denkt man zuerst, das ist leicht, das schaff ich, aber es ist echt schwierig und ziemlich wackelig. Und plötzlich hab ich gedacht, jetzt fall ich." So kann man sich täuschen.

Wirklich fallen kann hier niemand. Denn jeder ist mit Gurt, Karabinerhaken und Seil gut gesichert. Die Kinder und Jugendlichen sind immer in kleinen Teams unterwegs. Der eine sichert und der andere klettert – und danach anders herum. Die Kinder entdecken, dass es einen Zusammenhang gibt zwischen Freiheit und Sicherheit.

Paulina bringt es so auf den Punkt: „Es ist ein gutes Gefühl, wenn man weiß, da unten steht jemand und sichert einen und dem kann man auch vertrauen, dass er einen nicht einfach fallen lässt. Man fühlt sich richtig frei."

Ich komme ins Nachdenken. Wo erlebe ich das sonst, dass ich mich total frei fühle, weil da einer ist, dem ich vertrauen kann?

„Das ist auch der Sinn der ganzen Geschichte", sagt einer der Erwachsenen aus dem Team der Jugendkirche: „Wir wollen lernen, dass wir uns einfach aufeinander verlassen können, dass nichts passiert. Dass der andere mich hält, selbst wenn ich danebentrete." Soll ja vorkommen im Leben, dass man mal danebentritt.

Ein Hochseilgarten. Vieles, was man braucht, um die Herausforderungen des Lebens zu bestehen, lässt sich genau hier erfahren. „Man muss dem andern vertrauen können und auch sich selbst. Und wenn man nicht sagt ‚Ich schaff das', dann kann man's auch nicht schaffen", meint Franziska.

„Man muss einfach gut im Team arbeiten", ergänzt Lukas.

„Man muss sich trauen und die Angst einfach überwinden", so das Fazit von Selina. Und ich denke: Zwischen Himmel und Erde gibt's zum Glück noch einen, der aufpasst und sichert. Der da ist, wenn ich mich traue und ins nächste Abenteuer springe. Und der mich auffängt, wenn ich mal danebentrete.[26]

Das Leben wächst

Manchmal macht die Liebe den Anfang
manchmal schafft der Glaube Vertrauen
manchmal sucht die Hoffnung sich Gründe
und das Leben wächst
manchmal macht die Liebe den Anfang
manchmal schafft der Glaube Vertrauen
manchmal sucht die Hoffnung sich Wege
weil Gott ruft

IST DAS GERECHT?

Es ist mittags um eins, und an der Haustür klingelt es Sturm. Unsere Tochter ist von der Schule zurück und strahlt übers ganze Gesicht. „Papa, wir haben unser Diktat zurück!“ Sie muss sofort erzählen, wie es war.

„Und, wie ist es gelaufen?“

„Ja, ja, meins war auch gut, aber stell dir vor, der Micha hat eine Drei geschrieben!“ Sie lacht über das ganze Gesicht.

Micha hat eine Lese-Rechtschreib-Schwäche. Er würde nach den üblichen Regeln niemals eine gute Note schreiben, sondern wohl immer nur ein „Mangelhaft“. Doch er wird in dieser Schule besonders gefördert und beim Diktat bekommt er ein eigenes Arbeitsblatt. Da zählt das, was er schaffen kann, wenn er sich richtig Mühe gibt. Und dafür gibt es eine ganz eigene Note. Diesmal hat er also eine Drei, und alle Kinder freuen sich mit. Aber: Ist das eigentlich gerecht?

Kinder haben ein feines Gespür dafür, ob es gerecht zugeht oder nicht. Wehe, beim Wettrennen hat einer geschummelt. Dann geht alles zurück auf Start. Doch bei Micha verstehen sie schnell, dass nicht alles gleich sein muss, damit es gerecht ist. „Ich find' das fair", sagt unsere Tochter. „Er kann das ja nicht so wie die anderen."

Helmut Simon, der ehemalige Bundesverfassungsrichter, hat einmal gesagt: „Die Stärke eines Volkes misst sich am Wohl der Schwachen."[27] Ein starker Gedanke. Und ein ganz alter dazu. Schon die Bibel sagt: „Tu deinen Mund auf für die Schwachen und verhilf den Armen zu ihrem Recht" (Sprüche 31,8).

Viele Menschen scheinen heute vergessen zu haben, dass nicht alle alles leisten können. Soll man von einer zierlichen Bodenturnerin erwarten, dass sie beim Hochsprung die 2-Meter-Marke schafft? Wohl kaum. Sie ist ja selbst gerade mal 1,60 Meter. Oder muss der quirlige Libero aus der A-Jugend auch beim Mathe-Quiz der Beste sein? Muss er nicht.

Wichtig ist doch nur, dass jeder seinen Platz findet. Dass Menschen aus ihrer Begabung etwas machen können. Das wissen schon die Kinder. Lesen, rechnen, malen, musizieren – niemand kann alles gleich gut. Gerade deshalb soll es fair zugehen. Jeder nach seinen Möglichkeiten und jeder nach seinen Bedürfnissen. Die Kinder leben uns die Solidarität mit den Schwachen vor. Sie freuen sich, wenn die Gemeinschaft in der Klasse stimmt. Hauptsache, Micha gehört dazu.

Haben wir Großen auch noch ein Gefühl dafür? Wo ist dieses Grundvertrauen, dass unsere Gesellschaft zusammenhält, dass jede und jeder seinen Platz finden kann, dass es aufs Ganze gesehen gerecht zugeht?

Gerechtigkeit ist ein Beziehungswort. Die Beziehung zu den andern muss in Ordnung sein. Auf dem Evangelischen Kirchentag in Bremen 2009 traten 23 Einkommensmillionäre vor die Presse und erklärten, sie wollten 5% mehr Steuern zahlen. Solidarität fängt doch erst an, Spaß zu machen, wenn man sowieso viel hat, so sagte ein Sprecher damals. In der Tat. Dadurch wird längst nicht alles gleich. Unterschiede bleiben. Aber es fühlt sich gerechter an. Die Beziehung kommt in Ordnung. Die Kinder würden sagen: Es ist fair, wenn diejenigen viel geben, die viel haben. Dann gibt's auch genug für die Schwachen. Damit einer wie Micha gefördert werden kann.

Beim letzten Kindergeburtstag kam ich etwas zu früh, um unsere Tochter abzuholen. Auf einer Schnur waren Bockwürstchen aufgereiht. Die Kinder mussten hochspringen, um sich die leckeren Würstchen zu schnappen. Ich lehnte im Türrahmen. *Chancengerechtigkeit*, dachte ich. Ein Modewort. Jeder kann springen, jeder hat eine faire Chance, oder?

„Aber Robin ist viel größer als ich!", ruft eines der Mädchen. Die Kinder meinten, bloß springen dürfen reicht nicht. Es muss auch wirklich Wurst geben. Nur dann ist es gerecht. Und erst das macht ein gutes Gefühl.[28]

GROSSZÜGIG

„Komm, ich lad' dich ein!" Sven strahlt übers ganze Gesicht und ich weiß genau, jetzt ist Widerstand zwecklos. Er ist einfach so. So großzügig. Das kommt auch gar nicht überheblich rüber, nach dem Motto: „Ich kann's ja." Bei Sven ist das ganz natürlich. Er kann auch mal fünfe gerade sein lassen. Anders als Thomas, der sich über jede Kleinigkeit aufregt. Sven sagt eher: „Ist okay, nicht so schlimm, Schwamm drüber." Er ist einfach so, und das finde ich total angenehm.

Großzügig sein. Ich glaube, das ist eine innere Haltung, eine Art Lebenseinstellung. Sven weiß genau, was ihm wichtig ist, was für ihn zählt. „Ist schon okay" heißt bei ihm nicht „Ist mir egal". Im Gegenteil: Weil er weiß, was er will, kann er ziemlich gut zwischen wichtig und unwichtig unterscheiden und genau deshalb über manches hinwegsehen. Er hält sich nicht mit Kleinkram auf und nimmt sich nicht zu wichtig.

Und ich kenne einige Menschen, die es völlig normal finden, anderen abzugeben: von der eigenen Zeit, von eigenen Erfahrungen oder aus dem eigenen Kühlschrank. Die Zeiten von „Ich zuerst" sind vorbei. *Sharing* ist in.

Wer großzügig ist, hat Vertrauen. Rechnet nicht, sondern fühlt sich frei. Gibt gern und nimmt auch gern etwas an. Das „Komm, ich lad' dich ein!" von Sven habe ich deshalb locker akzeptiert.[29]

FAMILIENGLÜCK

Die Sonne scheint, die Vögel zwitschern, und rund um den Frühstückstisch kommen drei Generationen zusammen. Der Großvater macht Armdrücken mit dem Jüngsten, der große Bruder streichelt den Golden Retriever unterm Tisch, die Mutter kommt mit dem bunt gefüllten Tablett ins Bild. Nur die große Schwester sieht müde aus und rollt mit den Augen. Oma schneidet das Brot an, irgendwo fällt ein Glas Milch um, am Ende schaut der Vater in die große Runde, und das Frühstück kann beginnen.

Familienglück aus dem Werbeclip.

Manchmal sind es die Bilder, die unser Denken bestimmen. Alle sind zusammen, jeder spielt seine Rolle, und alle sind glücklich. Vordergründig geht's um Margarine oder einen Schoko-Brotaufstrich. Doch im Hintergrund werden Maßstäbe gesetzt – oder Sehnsüchte geweckt: So soll Familie sein! Sehen wir auch mal die alleinerziehende Mutter im Stress? Das schwule Paar im Glück? Mit den Kindern aus erster Ehe? Die Frau um die 50 am Pflegebett der Schwiegermutter? Die Patchworkfamilie im Dauerstreit? Wohl kaum. Aber auch das ist Familie.

Das Leben ist bunt und vielfältig. Die Gesellschaft ist im Wandel. Manche verunsichert das, andere freuen sich daran. Meine liebe Kirche hat sich vom Ideal der bürgerlichen Kleinfamilie längst verabschieden müssen. Sie verfasst immer wichtige Papiere. Vor mir liegt zum Beispiel eine „Orientierungshilfe" mit dem Titel: „Zwischen Autonomie und Angewiesenheit: Familie als verlässliche Gemeinschaft stärken." Darin lese ich: *Die bürgerliche Kleinfamilie aus dem Werbeclip ist nicht gottgegeben. Und so hilfreich das Miteinander in Ehe und Familie sein kann, dies ist nicht die einzig mögliche Lebensform.*

Ach. Wer hätte das gedacht! Für meine Kirche ist das eine kleine Revolution. Und es hat Folgen, für den Umgang mit Geschiedenen genauso wie mit Alleinerziehenden oder auch mit gleichgeschlechtlichen Paaren. Denn diese fühlen sich in der Kirche oft noch irgendwie außen vor.

Als das Papier herauskam, meldeten sich sofort die Kritiker zu Wort. Was gilt denn noch, wenn die Evangelische Kirche all die gesellschaftlichen Veränderungen einfach mitmacht und zu allem ihren Segen gibt? Hat sie keine eigenen Maßstäbe? Ist das überhaupt biblisch?

Zum einen: Die Familie ist im Wandel. Nicht erst heute, sondern immer schon. Dass zwei Menschen heiraten, nicht weil es um Status oder Eigentum geht, sondern weil sie sich lieben, das ist eine Erfindung des 19. Jahrhunderts. Dass der Mann arbeiten geht und die Frau zu Hause bleibt und die Kinder versorgt, ist eine Folge der Industrialisierung. Und das Familienglück aus dem Werbeclip? Im Westen gab es das am ehesten von Mitte der 50er- bis Mitte der 60er-Jahre des zwanzigsten Jahrhunderts. Gottgegeben war nichts davon.

Zum andern: Auch die Bibel nennt eine große Vielfalt. Polygamie, also die Vielehe nach dem Motto: Jeder Mann hat so viele Frauen, wie er sich leisten kann, ist ein beliebtes biblisches Modell. Davon abgesehen gibt's im Buch der Bücher viele konkrete Beispiele von Familien, die nicht ganz stromlinienförmig sind: Abraham, Sarah und Hagar bilden mit ihren Kindern eine echte Patchworkfamilie, Maria und Martha leben als Geschwister zusammen, teils auch mit ihrem Bruder Lazarus, die Ausländerin Rut heiratet einen Verwandten aus der Familie ihres verstorbenen Mannes. Jakob ist mit Lea und Rahel verheiratet und sorgt für beide Frauen und ihre Kinder. Der Apostel Paulus tauft die wohlhabende Lydia und ihr ganzes Haus, von einem Mann ist gar nicht die Rede. Jede Kinderbibel erzählt diese Geschichten mit schönen bunten Bildern. Kann man daraus Maßstäbe ableiten für *ein* Modell von Ehe und Familie? Wer das versucht, kommt schnell ins Schleudern.

Meine evangelische Kirche sagt: Es gibt Maßstäbe. Aber mit äußeren Formen haben die nichts zu tun. Eher schon mit Vertrauen. Sich aufeinander verlassen können. Wieder mal.

Familie ist da, wo Menschen verbindlich zusammenleben, wo sie fair und partnerschaftlich miteinander umgehen und auf Dauer füreinander sorgen. Das geht in vielen Formen. Vielleicht ist es schlau, dafür Verträge zu schließen. Aber wo Menschen sich achten und lieben, kann Gott sich doch nur freuen![30]

WER GIBT, DEM WIRD GEGEBEN

Die leuchtenden Augen meiner Tochter, das ist für mich das Schönste an Weihnachten. Oder wenn sie Geburtstag hat. Das Gefühl, ihr eine riesige Freude gemacht zu haben. Solche Sachen erzählen viele Leute über das Schenken, ganz egal, ob es etwas Großes gab oder eine kleine Aufmerksamkeit: Anderen etwas zu schenken ist ein gutes Gefühl. Es sagt: *Ich schätze dich, du bedeutest mir etwas*, vielleicht sogar: *Ich liebe dich*. Und das zeigen zu können, ist das Schöne am Schenken.

Adam Grant, ein Professor für Psychologie in Pennsylvania, USA, hat herausgefunden: Wer gerne gibt, kommt weiter. Ganz gleich, ob in der Familie oder unter Freunden, ob in der Freizeit oder sogar im Beruf.

Geben ist seliger als Nehmen. Ein altes Sprichwort, das steht schon in der Bibel (Apostelgeschichte 20,35). Erstaunlich ist, dass man damit Erfolg haben kann. Man braucht natürlich etwas Vertrauen. Vertrauen auf andere Menschen.

Normalerweise kommen doch immer die weiter, die die Ellenbogen ausfahren, die sich einfach nehmen, was sie brauchen, und nur den eigenen Vorteil suchen. Ja, die gibt es, das weiß auch Adam Grant. Manche von diesen Typen werden sogar Präsident von irgendwas. Einem Verband, einem Unternehmen, den USA oder was auch immer. Doch in seinem Buch „Geben und Nehmen“[31] kann Adam Grant noch etwas anderes zeigen: Die Geber kommen auch nach oben. Aber sie sind viel zufriedener dabei, und sie bleiben länger da. Weil sie ein Team haben, in dem man sich gegenseitig schätzt und stärkt. In dem Ideen geteilt werden, in dem es normal ist, um Hilfe zu bitten oder den andern zu geben, was sie gerade brauchen.

Grant unterscheidet drei Typen: die Nehmer, die Matcher und die Geber. Die Nehmer nehmen und geben nie zurück. Das sind die mit dem großen Bild von sich selbst im Jahresbericht der Firma oder lauter Fotos von sich selbst auf Facebook. Siehe oben.

Die Matcher sind auf Ausgleich bedacht. „To match“ heißt, es muss zusammenpassen. Sie glauben an Gerechtigkeit. Wie du mir, so ich dir. Wenn sie irgendwo einspringen oder aushelfen, rechnen sie damit, auch mal etwas zurückzubekommen. Dafür braucht man schon ein bisschen Vertrauen und die meisten haben es gerne zeitnah bestätigt.

Anders die Geber. Sie geben mehr, als sie empfangen. Immer sehr konkret, immer sehr gezielt, immer so, dass es Spaß macht. Es sind nicht diese Dauer-Helfer à la Mutter Teresa oder Mahatma Gandhi. Sie wollen nicht immerzu der ganzen Welt helfen. Gute Geber fragen sehr genau: Wem kann ich am besten nutzen? Mit wenig Aufwand, mit meiner begrenzten Zeit, mit dem, was ich gut kann? Solche

Menschen sind oft gute Netzwerker. Unter Freunden oder im Beruf haben sie gute Beziehungen. Sie bekommen auch viel zurück, aber das passiert einfach so, ohne Berechnung. Und sie geben trotzdem weiter. Es ist so ihre Art. Sie haben viel Vertrauen. Das rechnet nicht und wird doch immer wieder bestätigt.

Adam Grant, der Psychologe, hat untersucht, wie es in Unternehmen zugeht. Sein Befund: Wo es eine Kultur der Hilfe gibt, wo man sich für Kolleginnen und Kollegen einsetzt, da ist das Unternehmen erfolgreich und die Kunden sind zufrieden. Es ist wohl wirklich so: Wer gibt, dem wird gegeben.

Vielleicht macht Schenken auch deshalb so viel Spaß, weil dieses Gebenwollen tief in uns drin ist. Ich überlege schon, was ich für ein Typ bin. Sage ich ganz oft „ich" oder meistens „wir" oder „du"? Wie würden das die Leute um mich herum sehen? Nein, ein reiner Nehmer bin ich nicht. Ich kann mir gar nicht vorstellen, dass man so glücklich sein kann. Bin ich ein Matcher oder Geber? Was kann ich richtig gut und was macht mich zufrieden, wenn ich anderen etwas gebe?

Ach, es ging ja auch ums Schenken und um Weihnachten. Vielleicht hat sich auch Gott überlegt: *Was kann ich am besten? Womit würde ich den Menschen am meisten helfen?*

In der Liebe ist Gott unschlagbar. Also hat er sich klein gemacht und ist Mensch geworden. Gott liebt uns, einfach weil wir sind. Das ist sein Geschenk. Und er freut sich riesig, wenn wir uns freuen. Nicht ausgeschlossen, dass wir mal etwas zurückgeben, oder?[32]

WAS IST DAS?

„Was ist das?" Julia staunt, als sie vor die Tür tritt. Da steht ein ganzer Korb voller Lebensmittel: Butter, Milch, Eier, Käse, Wurst, Marmelade, Honig, Brot, Kaffee, dazu ein Blumenstrauß und eine Flasche Sekt. Im Grunde alles, was man fürs erste Frühstück braucht. Sie bückt sich und findet eine Grußkarte ihrer Mutter. „Wünsche euch einen schönen ersten Morgen in der neuen Wohnung!"

Sie hatte also den Korb zum Einzug vor die Tür gestellt! Julia ruft sie an. „Tolle Idee. Danke, dass du so an uns gedacht hast!" Eine schöne kleine Geste. Manchmal ist ein wenig genau richtig und schon genug. „Ich weiß gar nicht mehr, was ich machen soll", sagt mein alter Freund, als wir abends zusammensitzen. Ein ganzes Bündel von Problemen macht ihm zu schaffen: Sein Vater ist vor sechs Wochen gestorben, seine Mutter kommt allein nicht zurecht, er muss arbeiten, aber auch den Hund versorgen, mit seiner Schwester hat er sich überworfen, die Nachbarn stellen schon Fragen. Und, und, und ... Was braucht er jetzt? Wo anfangen?

Wir reden eine Weile und versuchen, uns auf einen ersten Schritt zu konzentrieren. Ich stelle eigentlich nur ein paar Fragen. Aber offenbar die richtigen. Am Ende hat mein Freund einen Plan. Wie der Hund versorgt wird, wann er mit den Nachbarn redet, wie er mit seiner Schwester nochmal einen Anlauf nehmen wird. Dann wird auch Zeit sein für seine Mutter und für die Trauer.

Was brauchen Menschen, damit sie leben können? Manchmal reicht ganz wenig. Ein gutes Frühstück, eine gute Idee.

In der biblischen Exodusgeschichte wird auch davon erzählt, was Menschen brauchen und was zum Leben reicht. Die Menschen klagen, weil sie Hunger haben. Sie sind auf einem beschwerlichen Weg durch die Wüste. Es fehlt am Nötigsten, Essen, Wasser und alles, was sie zum Leben, zum Überleben brauchen. Wie durch ein Wunder gibt Gott ihnen Nahrung, Wachteln am Abend und Manna am Morgen, genug für jeden Tag.

Diese Geschichte erzählt Erstaunliches. Da ist das Staunen der Israeliten am Morgen: Sie finden diese kleinen Kügelchen, „wie Reif auf der Erde“, und fragen: „Man hu?“ Das ist Hebräisch und heißt: „Was ist das?“ Es ist bis heute nicht ganz klar, was es genau ist. Jedenfalls kann man es essen. Manna – das ist wie Brot vom Himmel.

Doch es geschieht noch mehr Erstaunliches. Es macht Mühe, dieses Manna jeden Morgen aufzusammeln. Menschen, die nicht so schnell sind oder sich nicht mehr gut bücken können, sorgen sich und fragen ängstlich: Werde ich auch genug abbekommen?

Andere legen gleich Vorräte an nach dem Motto: „Dann brauch ich mich morgen nicht zu plagen“, oder gar, um

Handel zu treiben nach der Devise: „Wer hat, dem wird gegeben."

Doch ein Blick in die Krüge zeigt: Jeder hat so viel, wie er braucht. Vorräte zu sammeln macht keinen Sinn, der Überfluss verdirbt über Nacht. Doch am nächsten Morgen gibt es wieder genug. Eine besondere Wundergeschichte.

Mit dem täglichen Essen lernen die Israeliten das Staunen. Sie staunen über Gottes neue Lebensordnung: *Man hu*? Was ist denn das? Jeder hat so viel, wie er braucht. So soll es nach Gottes Willen sein.

Mir zeigt die alte Geschichte: Gott möchte auch in Wüstenzeiten für uns sorgen. Mal überrascht er uns und sagt: Hier! Für Dich! Genieß es! Dann nimmt er uns bei der Hand und sagt: Schau mal, das Wenige, was du teilen kannst, ist für den anderen schon genug.

Jeder, so viel er nötig hat. Der Fantasie sind keine Grenzen gesetzt, Gottes andere Ordnung mit Leben zu erfüllen: Vielleicht braucht jemand unsere Zeit – und es reicht schon ganz wenig davon. Vielleicht braucht jemand unsere Ideen, unseren Rat bei einem Problem. Und es genügt, genau die richtigen Fragen zu stellen. Vielleicht braucht jemand Kleidung oder Brot. Auch dann gibt's viele Wege, das Leben zu teilen. Damit wir wieder staunen können: *Man hu*? Was ist das? Jeder hat so viel, wie er braucht.[33]

DU KANNST AUF MICH ZÄHLEN!

Das Autoradio spielt Bruno Mars. Meist höre ich ja nicht hin, aber manchmal achte ich auf die Worte. Beschwingt und locker singt Bruno Mars von der Freundschaft. *Count on me.* Zähl auf mich. Als sei's ein Abzählreim, ein Kinderspiel. Eins, zwei, drei – ich bin dabei. Mit mir kannst du rechnen. „Du kannst auf mich zählen so wie eins, zwei, drei, ich werde da sein.“ Ist schon toll, wenn Freunde da sind. Nicht nur für die schönen Sachen, die zusammen einfach mehr Spaß machen. Wenn es mal hart auf hart kommt, wenn ich jemanden brauche, der zu mir steht, dann sind es ganz wenige Menschen, auf die ich zählen kann.

Schnell merke ich, die Strophen haben es in sich. „Wenn du jemals in der Mitte des Meeres festsitzt, werde ich um die Welt segeln, um dich zu finden. Wenn du dich jemals in der Dunkelheit verläufst und nichts sehen kannst, ich werde das Licht sein, das dich führt.“ So ungefähr singt Bruno Mars weiter. Wow. Das ist fast schon eine Liebeserklärung.

Wann fühlt man sich eigentlich so? Wie auf dem offenen Meer ohne jeden Halt? Wie verirrt in der Dunkelheit ohne irgendeinen Weg vor Augen? Da muss es schon heftig kommen. Eine Trennung, eine Kündigung, eine schockierende Nachricht. Ich komme ins Nachdenken. Eins, zwei, drei ... wie viele Freunde habe ich eigentlich? Nette Kontakte habe ich viele. Facebook zählt sie für mich. Aber auf wen kann ich wirklich zählen? Das sind vielleicht nur einer, zwei oder drei. Eine Freundin erzählt mir von ihrer Diagnose. Sie muss ins Krankenhaus, die Kinder müssen untergebracht werden. Auf einmal stellt sich heraus, auf wen sie zählen kann. Eine Freundin, von der sie glaubte, sie sei für sie da, weicht plötzlich aus. Eine Bekannte erweist sich als echte Helferin in der Not. Und ihre beste Freundin ist tatsächlich an ihrer Seite, wenn sie schlaflose Nächte hat. Ihre Freundschaft ist verlässlich.

Auf zwei, drei Menschen zähle auch ich. Ehrlich gesagt auf nicht viel anderes. Das Leben ist unsicher. Bleibe ich gesund? Was ist mit der Arbeit? Wer weiß schon, was Bestand hat? Umso mehr brauche ich andere, auf die ich mich verlassen kann, ganz gleich, was geschieht.

„Wenn du dich hin- und herwirfst und einfach nicht einschlafen kannst, werde ich an deiner Seite ein Lied singen." Ach Bruno, wie schön. Ja, mir fallen sofort zwei ein, die das ungefähr genauso machen würden. Gut zu wissen. Schon bei der Vorstellung werde ich ruhiger.

„Es ist nicht gut, dass der Mensch allein sei." Das steht gleich am Anfang in der Bibel bei der Erschaffung des Menschen. Wir brauchen ein Gegenüber. Wir sind zur Freundschaft bestimmt. Dann sind wir wirklich Menschen.[34]

So wie du

Du kannst zuhören wenn die Dinge schwer wiegen
Du kannst aufstören bis die Fragen mich kriegen
Du kannst mitgehen bis die Lösung sich zeigt
und zu mir stehen wenn sonst keiner mehr bleibt

Du kannst lachen bis die Tränen doch fließen
noch was machen wenn sie schon alle schließen
Du kannst klagen wenn sich alles dreht
und dann sagen wie es doch weitergeht

Wie ein Freund bist du da
in der Nähe aber nicht zu nah
schaust auf dieses Leben und legst deinen Teil dazu
Wie ein Freund bist du da
in der Nähe aber nicht zu nah
kannst so vieles geben, keiner sonst ist so wie du

IN BERLIN

Es war wieder eine dieser verrückten Tagestouren. Diesmal ging es mit den Jungs nach Berlin: Morgens um Viertel vor sieben in den Flieger, abends kurz vor halb elf zurück. Okay, das ist jetzt ökologisch nicht so einwandfrei, aber so etwas machen wir ja nicht jede Woche. Lars hatte ein paar Geheimtipps in Friedrichshain: Ein Plattenladen, einer mit alten Möbeln und Vintage-Kram, ein Café mit den weltbesten Bagels.

An der S-Bahn-Haltestelle Warschauer Straße mussten wir umsteigen – und da ging's dann los. „Habt ihr mal 'n paar Cent?", quatscht uns ein Typ an in ziemlich zerschlissenen Klamotten. Wir gucken uns an. Na gut. Lars kramt in seinem Portemonnaie.

Wir gehen weiter, eine Treppe hoch. Der Nächste fragt: „Habt ihr was für mich?" Ich zögere. „Vielleicht 'nen Kaffee oder 'ne Brezel?" In Sichtweite ist ein Bäcker. „Hatte ich gerade schon", sagt er. „Dann heute nicht", höre ich mich sagen und denke: *Wir hatten auch gerade schon*. Auf dem Weg zur Tram sehen wir noch eine junge Frau mit Rastalocken. Sie spielte Saxofon.

In der Tram reden wir darüber. Wie ist das eigentlich richtig? Muss ich ein schlechtes Gewissen haben, wenn ich nichts gebe? Und wenn ich was gebe, wer braucht es dann am meisten?

Wir beschließen ein paar Regeln: 1. „Heute nicht" ist als Antwort ganz gut. 2. Ab und zu geben wir etwas, aber dann nicht dem, der die Musik macht, sondern dem, der am heruntergekommensten aussieht. Also im Wettbewerb um Hilfe die schlechtesten Chancen hat. Und 3. Regelmäßig etwas spenden oder bei einer Tafel oder Kleiderkammer mitmachen bringt am Ende mehr als spontane Almosen.[35]

DAS WIRD KLAPPEN!

Das war ja klar. Irgendwann musste es kommen. Der erste YouTube-Kanal eines syrischen Flüchtlings. „Hallo, Leute, und herzlich willkommen in mein erstes Video für euch! Mein Name ist Firas Alshater. Ich wohne hier in Berlin seit zweieinhalb Jahren."

Firas Alshater kommt aus Homs in Syrien. Da war er Filmemacher. Wenn er nicht gerade im Gefängnis saß, weil er Filme gemacht hat. Sein Videokanal auf YouTube heißt „zukar".

„Heute will ich ein erstes Zuckerstückchen für euch zeigen." Firas strahlt in die Kamera, er sitzt auf einem alten Sofa, weißes Hemd, Weste, kurze Haare, Rauschebart – und immer ein verschmitztes Lächeln um die Mundwinkel.

Warum er hier ist? Ganz einfach: In Aleppo fallen Bomben und Granaten, und in Berlin ist alles friedlich. Da ist er lieber in Berlin. Inzwischen studiert er Montage und Schnitt in der „FilmArche", einer privaten Filmhochschule in Berlin-Neukölln. Firas war schon immer neugierig: „Ich wollte nicht nur die deutsche Sprache lernen, sondern will ich auch die Menschen hier kennenlernen. Das heißt, ich will einfach wissen, wie sind diese Deutschen?"

Und da kann so ein syrischer Flüchtling auch nach zweieinhalb Jahren noch ziemlich durcheinander kommen. Sind die Deutschen mehr so wie in Dresden oder Leipzig auf den Pegida-Demos, mit fremdenfeindlichen Parolen und hasserfüllten Gesichtern? Oder eher so wie an den Bahnhöfen von München oder Dortmund mit heißem Tee, warmen Decken und großen Transparenten, auf denen steht: *Refugees welcome* – Flüchtlinge willkommen?

Firas entschließt sich zu einem Experiment. „In Berlin, am Alexanderplatz, habe ich mich mit einem Schild gestellt und gewartet." Mit verbundenen Augen steht er da, die Arme weit geöffnet. Auf dem Schild steht in großen Buchstaben: „Ich bin syrischer Flüchtling. Ich vertraue dir. Vertraust du mir? Umarme mich!"

Und dann hat er gewartet und gewartet und gewartet. Ganz schön mutig. Endlich passiert etwas: Ein Tourist tritt an seine Seite und macht ein Selfie. Okay, das war noch keine Umarmung, aber ein Anfang. Dann scheint das Eis gebrochen. „Nach einigen weiteren Versuchen haben die Leute doch angefangen, mir eine Umarmung zu geben und noch eine und noch eine."

Jetzt strahlt Firas und seine Augen leuchten. Im Video folgen noch ganz viele Umarmungen. Sein Fazit: „Wenn die Deutschen mit etwas anfangen, dann hören sie überhaupt nicht mehr auf. Ich hab gelernt, die Deutschen brauchen längere Zeit. Aber dann sie sind nicht zu stoppen. Darum glaube ich, die Integration wird klappen." Jedenfalls irgendwann, fügt Firas augenzwinkernd hinzu.

Auf seiner Homepage „zukar.org“ findet sich übrigens nicht nur das Video, hier finden Flüchtlinge auch allerlei Hilfen: Wo bekomme ich ein gebrauchtes Fahrrad, wie eröffne ich ein Bankkonto? Dazu gibt's ein Wörterbuch mit Redewendungen und einen Stadtplan mit den wichtigsten Adressen für Flüchtlinge.

Das Video wurde innerhalb von drei Tagen fast 850 000-mal gesehen und die Medien stürzten sich darauf. Warum? Weil hier jemand den richtigen Ton getroffen hat. Mit Humor hält Firas Alshater uns Deutschen einen Spiegel vor und macht deutlich, dass wir im Kern alle gleich sind. Und eine freundliche kleine Mahnung ist es auch: Hey, bleibt locker und bleibt dran bei der Integration! Habt Vertrauen! Das wird klappen![36]

GEWONNEN!

„Ich habe geheult vor Erleichterung“, sagt Nina, als die E-Mail kam, dass sie gewonnen habe. Die Studentin war nämlich schwanger, ungeplant, und ihr Freund ohne Job. Ausgerechnet jetzt, ein Semester vor dem Abschluss.

„Ich habe immer nur gedacht: Ich brauche ein Wunder.“ Und dann, sechs Wochen nach der Geburt ihres Sohnes, geschieht es, das Wunder. Sie gewinnt bei der Aktion „Mein Grundeinkommen.“ Tausend Euro im Monat für ein ganzes Jahr – für zwölf Monate! Ohne Bedingungen, ohne Haken, einfach so.

Zwölf Wochen später fanden sie eine etwas größere Wohnung und zogen zusammen. Er kümmerte sich um den kleinen Joel und sie schloss ihr Studium ab. Entwickelte eine Homepage und einen Businessplan und machte sich als Innenarchitektin selbstständig. Die ersten Aufträge gingen ein. Noch nicht viel, aber ein Anfang. „Kurz vor der letzten Zahlung waren die Ängste wieder da“, sagt sie, aber die beiden kommen über die Runden.

Der Verein „Mein Grundeinkommen“ will noch viele solcher Geschichten möglich machen. Rund 121 000 Menschen haben bisher 272 Grundeinkommen finanziert[37]. Man kann spenden oder an der Verlosung für ein Grundeinkommen teilnehmen.

Die Frage dahinter ist: Sollte es tatsächlich in Deutschland ein bedingungsloses Grundeinkommen für alle geben? Ohne dass erst aufwändig geprüft wird, wie bedürftig jemand wirklich ist? Ein Grundeinkommen als Grundsicherheit.

In Finnland wird ein solches Modell bereits getestet. 2000 Menschen nehmen teil. Schon jetzt ist klar: Das Grundeinkommen macht die Beteiligten frei. Sie sind weniger gestresst als früher, haben mehr Zeit, um Geschäftsideen zu verfolgen und mehr Lust, sich einen neuen Job zu suchen, der wirklich passt.

Die Studentin Nina brauchte ein Wunder. Viele biblische Geschichten erzählen von Wundern, die eine soziale Botschaft haben. 5.000 Menschen werden satt, obwohl die meisten erst Angst haben, dass es nicht reicht. Die Fischer am See haben die ganze Nacht nichts gefangen und mittags sind die Netze voll. Ein Weinbergbesitzer stellt morgens, mittags, nachmittags und abends immer neue Tagelöhner ein – und am Ende bekommen alle den gleichen Lohn für einen Tag.

Geschichten, die zeigen: Jeder ist gleich viel wert und hat die gleichen Grundbedürfnisse.

Die Idee eines Grundeinkommens finde ich faszinierend. Klar, man muss herausfinden, welcher Betrag sinnvoll ist, was es kosten wird, wie die bisherigen Sozialsysteme entlastet würden. Viel Arbeit für die Experten. Aber die Idee, dass alle ein Grundeinkommen beziehen, ganz einfach, weil sie Menschen sind und Grundbedürfnisse haben, die sollten wir unbedingt weiter verfolgen.[38]

TAUSCHEN UND TEILEN

„Was ist denn das? Guck mal, sieht doch toll aus, oder?" Ellen staunt jedes Mal, wenn sie ein neues Kleidungsstück aus der riesigen Tasche zieht. Eine Bluse, ein Kleid, sogar eine schicke Lederjacke ist diesmal dabei.

Zweimal im Jahr kommt sie aus dem Staunen nicht raus. Dann tauscht sie mit zwei Freundinnen gebrauchte Klamotten. Sie haben ähnliche Größen, einen ähnlichen Geschmack, und so gehen sie vor: Alles, was nicht mehr gefällt, aber noch gut in Schuss ist, kommt in die große Tasche. Und die wandert dann von einer zur andern. Nur das, was am Ende übrig bleibt, kommt in die Altkleidersammlung.

Was die drei Frauen im Kleinen unter sich tun, ist in manchen Städten ein eigener Trend geworden. Überall entstehen sogenannte „Swap-Partys", von „to swap" – „tauschen". Neulich hieß es im Kölner E-Werk: „Bye-bye shopping – hello swapping", also „Tschüss, Einkauf – Hallo, Tausch!" Das Prinzip ist auch hier ganz einfach: Man sucht zusammen, was nicht mehr passt oder nicht mehr gefällt, und bringt die Sachen mit. Vor Ort werden sie begutachtet und kurz aufbereitet – und zwei Stunden später liegen sie wie neu auf den

Warentischen. Wer mitmacht, bekommt am Eingang Münzen im Gegenwert zur mitgebrachten Kleidung. Und dann geht's los: Stöbern, aussuchen, mitnehmen. Gebraucht, aber schick und gut.

„Kooperativer Konsum" nennt das die US-Forscherin Rachel Botsman. In ihrem Buch „What's mine is yours" (Was meins ist, ist deins) beschreibt sie eine Renaissance des Teilens und Tauschens. Die Swapping-Bewegung sei in den USA als Reaktion auf die Finanzkrise entstanden, um Konsumenten eine Plattform zu bieten, auf der sie die eigene Kauflust drosseln können und doch nicht auf Neues verzichten müssen.

Die Lust, etwas für sich zu haben, scheint etwas typisch Menschliches zu sein. Dass auch Teilen toll ist, die Erfahrung muss man erst mal machen. In der Bibel gibt es die Geschichte von der Speisung der 5000. Jesus war mit seinen Anhängern den ganzen Tag unterwegs, viele Menschen sind ihm gefolgt. Es wird Abend. Ängstlich schauen die Freunde in die Menschenmenge. Er sollte die Leute doch besser wegschicken. Es gäbe nicht genug zu essen für alle. Einer rechnet: Selbst 200 Silbergroschen reichen nicht, um für so viele Leute Essen zu besorgen. Einer lässt nachsehen: Was haben wir? Fünf Brote und zwei Fische. Nur Jesus traut sich zu teilen. Er bittet alle, sich in Gruppen zu lagern und das zu teilen, was da ist. Wie die Geschichte dann weitergeht, ist nicht erzählt. Nur das Ergebnis: Am Ende wurden alle satt, und es war sogar noch viel übrig. Ich stelle mir vor, dass wohl auch viele von den anderen Anwesenden etwas zu Essen dabei hatten. Nur dass sie jetzt angestoßen wurden, es zu teilen. Wie ein großes Fest, bei dem jeder etwas zu essen mitbringt. Da ist am Ende auch immer viel übrig. Und das Teilen macht richtig Spaß.

Eine wichtige Frage für eine Gesellschaft, die zusammenhalten will: Was brauchen wir wirklich zum Leben? Und: Wie können wir leben, damit alle bekommen, was sie brauchen?

Teilen und Tauschen ist jedenfalls eine gute Idee. Und eine biblische dazu.[39]

SCHWERE ZEITEN

„Ein Freund, ein guter Freund – das ist das Beste, was es gibt auf der Welt", sangen schon die Comedian Harmonists. Und recht haben sie! Gut, wenn man so jemanden hat. *Den* Freund, *die* Freundin, mit dem oder der man über alles reden und bei dem oder der man jederzeit vorbeikommen kann – und wenn's nachts um vier ist. Auf Freunde muss man sich verlassen können.

Auch und gerade, wenn es mal nicht so gut läuft. Vielleicht hat sich da jemand festgefahren und fragt sich: „War's das jetzt?" Die Kinder in der Spur, beruflich so weit gekommen, wie es halt geht... und jetzt? Mit Vollgas knapp am Glück vorbei und dann vielleicht in der Sackgasse gelandet. Es könnte die Midlifecrisis sein. Oder eine Trennung, ein tragischer Verlust... egal, was es ist, man kommt da besser durch mit guten Freunden. Schwere Zeiten heißen ja so, weil einem das Leben dann so vorkommt, als habe man eine große Last zu tragen. Einen Rucksack, der bleischwer auf den Schultern liegt und runterzieht. Dann ist das Leben kein Spaziergang, den man leichtfüßig meistert, den Blick ins Weite, sondern man kommt nur mühsam Schritt für Schritt voran. Sieht nur noch den kleinen Abschnitt, der gerade vor einem liegt.

Wer gern wandert, der weiß, wie das ist. Wenn die Strecke lang wird und die Luft knapp. Freunde von mir haben das im letzten Sommer gemacht: Zu dritt sind sie auf eine geführte Tour gegangen, zu Fuß über die Alpen. Die Rucksäcke hatten sie im Outdoor-Laden ausprobiert. Im Geschäft gab es Gewichte, die man in den Rucksack legen konnte, um genau das auszuloten: Wie viel kann ich tragen, wie fühlt sich das an, halte ich das aus? Bei ihrer Tour gab es eine klare Vorgabe: Nicht mehr als acht Kilo. Sie mussten sich sehr beschränken, damit es nicht zu viel wurde.

Die drei haben die Tour gemeistert. Sie haben es geschafft, weil sie den eigenen Schultern nicht zu viel zugemutet haben – und weil sie sich gegenseitig unterstützt haben. Wenn einer mal nicht mehr konnte, haben die anderen ihn mitgezogen und seinen Rucksack ein Stück des Weges übernommen.

In so einer Gruppe achtet man aufeinander. Freunde kennen und verstehen sich. Man kann reden, sich gegenseitig anfeuern, sich die Hand reichen. Und weiß jeden Tag: Ich muss das nicht allein schaffen. Die andern sind da, gehen mit und helfen mir. Bei den großen Bergsteigern war es nie anders. Edmund Hillary, der Erstbesteiger des Mount Everest, war nicht allein auf seinem Weg. Er hatte einen Bergsteiger bei sich, der ihm half, das Gepäck zu tragen. Es war der nepalesisch-indische Sardar Tenzing Norgay, Angehöriger des Volkes der Sherpa. Ohne diesen Freund und Helfer hätte Hillary sein Ziel nie erreichen können. Und beide betonten immer wieder, dass die Besteigung des Berges aller Berge nur im Team möglich gewesen war.

Schwere Zeiten lassen sich nicht vermeiden. Immer wieder sind da Berge, die sich vor einem aufbauen und unüberwindbar scheinen. Da ist es gut, jemanden an seiner Seite zu wissen. Sich verlassen zu können auf jemanden, der hilft, das Schwere mitzutragen. Menschen, die glauben, erleben das auch so mit Gott. Dass er da ist wie ein guter Freund.[40]

Was uns zusammenhält

Hilf mir zu verstehn
wie soll das weitergehn
was wenn diese Welt
doch auseinanderfällt

So von Angst bestimmt
sind viele völlig blind
sie sehn nur noch sich
und all die andern nicht

Komm wir fliehen an unsern Ort
und halten uns in einem fort
erzähl mir dann aus deiner Welt
ich fühl was uns zusammenhält
was uns zusammenhält

Und dann stehn wir auf
und dann gehen wir raus
denn es kommt drauf an
ob wir frei sein können

TRAUER IST LIEBE

Der Mai ist der Monat der Liebe. Pärchen schlendern Hand in Hand durch den Park. Die Standesämter haben jetzt kaum noch Termine frei. Beim Fotografen um die Ecke strahlen glückliche Hochzeitspaare von den ausgestellten Fotos.

Am Wochenende habe ich den ersten Autokorso durch die Stadt fahren sehen, vorneweg fuhr das Brautpaar im offenen Cabrio, ein riesiges Blumengesteck mit roten Rosen auf der Motorhaube. Für dieses Paar fängt ein neues Leben an.

Szenenwechsel: Am selben Nachmittag ist in der Kirche die Trauerfeier für einen 86-jährigen Mann. Nach einem Schlaganfall vor einem halben Jahr fand er nicht mehr zurück in das Leben, das er vorher gelebt hatte. Seine Frau und die beiden Kinder haben sich rührend um ihn gekümmert. Jetzt durfte er sterben.

Wir nehmen Abschied in der Kirche. Vor demselben Altar, an dem sich in diesem Mai noch zwei junge Paare das Ja-Wort geben werden, steht jetzt der Sarg. Die Frau des Verstorbenen, selbst 82 Jahre alt, die Kinder, viele Angehörige und Freunde sind tief berührt von diesem Abschied. Ich bin es auch. Immer wieder gibt es Menschen, deren Geschichte mir wirklich nahe geht. So viel gelebte Liebe noch in diesem hohen Alter – das berührt mich.

Ich glaube, in der Trauer drückt sich Liebe aus. Trauer ist Liebe. Deshalb soll man sie zeigen und nicht verstecken. Viele haben das leider verlernt. Trauernde erleben, dass ihnen Menschen lange Zeit aus dem Weg gehen. Sie sind einfach unsicher, was sie sagen sollen. Nur auf dem Dorf kommen die Sargträger noch aus der Nachbarschaft, da ist das Ehrensache. Andernorts muss das schon der Bestatter regeln. Apropos: Erkennen Sie noch einen Leichenwagen im Straßenverkehr? Früher waren sie schwarz. Das fiel richtig auf. Heute sind sie meist dezent grau und kaum noch zu erkennen. Trauer wird versteckt.

Wir brauchen einen ganz anderen Trend. Ich schlage deshalb vor, den Wonnemonat Mai zu einem zweiten Trauermonat zu erklären. Gleich nach dem November. Für mich ist Trauer nämlich ein Ausdruck von Liebe, deshalb gehört auch sie in den Monat der Liebe.

Der Mai ist voller Leben. Der Flieder blüht, überall summt und brummt es. Die Natur erwacht. Auch der Waldfriedhof bei uns um die Ecke wirkt besonders lebendig an einem sonnigen Tag im Mai. Menschen finden sich zusammen, besuchen das Grab eines guten Freundes oder geliebten Verwandten und bringen frische Blumen. Es ist gut, wenn die Trauer so gezeigt werden kann wie die Liebe.

Bei der Trauerfeier dieser Tage haben wir es genauso gehalten. Wir zogen mit der ganzen Trauergesellschaft öffentlich und zu Fuß von der Kirche zum Friedhof. Vorneweg der blumengeschmückte Sarg, rote Rosen auch hier. Hinterher folgten die Angehörigen, die Witwe mit den Kindern und Enkeln, die ganze Trauergemeinde. Manche waren gefasst, viele hatten Tränen in den Augen.

Unser Trauerzug hielt den Verkehr auf. Die Schüler der nahe gelegenen Schule mussten mit ihren Mopeds stehen bleiben, ein paar entgegenkommende Autos fuhren an die Seite.

Nicht nur weiße Kutschen, sondern auch schwarze Leichenwagen sollten von allen gesehen werden. Nicht nur das blumengeschmückte Cabrio, auch der rosenverzierte Sarg sollte den Verkehr aufhalten. Denn Trauer und Liebe gehören zusammen – und deshalb mitten ins Leben.[41]

DAS LEBEN DER ANDEREN

Der Mann sitzt im Halbdunkel auf einem Dachboden. Er trägt Kopfhörer. Alles ist grau in grau.

Das Filmplakat zu „Das Leben der Anderen" ist weltberühmt geworden. Und mit ihm der Hauptdarsteller Ulrich Mühe. In „Das Leben der Anderen" spielt er den Stasi-Hauptmann Gerd Wiesler.

Die Stasi, die sogenannte Staatssicherheit in der ehemaligen DDR, war sehr interessiert am Leben der anderen. Sie hat Gegner des Regimes bespitzelt, Menschen, die kritisch waren, verfolgt und überwacht. Gerd Wiesler arbeitet für die Stasi. Andere zu bespitzeln ist sein Leben – Staatsfeinde ausfindig zu machen und hochgehen zu lassen. Er tut das mit großer Perfektion und Leidenschaft.

Im Film bespitzelt er ein bekanntes Künstlerpaar: Er ist Schriftsteller, sie Schauspielerin. Wiesler verwanzt ihre Wohnung und überwacht sie unbemerkt vom Dachboden ihres Hauses aus. Er ist dabei, wenn das Paar über das Leben, die Literatur und die Freiheit diskutiert. Er ist dabei, wenn die beiden sich nahe kommen. Er ist dabei, wenn sie sich streiten.

Der Film erzählt eine Verwandlung. Durch das Leben der „anderen" verändert sich der Stasispitzel und wird schließlich zum Retter der beiden. Denn was er hört, fasziniert ihn: die Welt der Kunst, die er bisher nicht kannte; eine Beziehung, wie er sie selbst nie gelebt hat; Gespräche, von denen er nicht wusste, dass sie möglich sind. Das alles bewegt ihn.

Als der Schriftsteller, den er abhört, einen kritischen Artikel schreibt, der im Westen erscheinen soll, wechselt Wiesler die Seite. Bevor seine Stasi-Kollegen das Haus des Künstlerpaares durchsuchen, beseitigt er das entscheidende Beweismittel. Er entfernt die Schreibmaschine aus der Wohnung, auf der der Artikel geschrieben worden war.

Die Begegnung mit anderen Menschen kann alles verändern. Nicht nur im Film. Ich ertappe mich bei einem Vorurteil über eine Frau, die ihre Kinder abends immer aus dem Jugendzentrum nebenan abholt. Sie hat fünf Kinder, kommt meist etwas zu spät und wirkt immer etwas ungepflegt. *Ist bestimmt eine dieser Problemfamilien*, denke ich. Bis ich einmal erlebe, wie liebevoll sie mit ihrer kleinen Tochter umgeht. Bis ich höre, mit welchem Stehvermögen sie sich an der Schule für ihren Sohn eingesetzt hat. Sie hat Herz. Und wie ist das bei mir?

Immer wieder gibt es Begegnungen mit anderen, Einblicke in deren Leben, die etwas verändern. Eine Frau lebt mit der schweren Krankheit ihres Mannes. Sie wünscht sich vieles anders und kann ihn doch so begleiten, wie er nun geworden ist. Ein Kollege, der immer so stark wirkt, zeigt auf einmal eine Schwäche und steht dazu. Jedes Mal staune ich.

Und jedes Mal spüre ich: So will ich auch sein. Dann merke ich: Das Leben der anderen hat mit meinem Leben zu tun. Wenn Gott sie trägt, dann womöglich auch mich. Wenn die anderen so leben können, dann kann ich es auch. Die andern zeigen mir: Es ist nie zu spät für etwas Neues.[42]

GETEILTE ZEIT

Wie sieht für dich ein perfekter Tag aus? Was ist die größte Errungenschaft in deinem Leben? Wann hast du das letzte Mal geweint – still für dich oder vor einer anderen Person? Warum?

Es sind 36 Fragen. Sie sind sehr persönlich. Deshalb muss ich eine Weile nachdenken. Wie mein perfekter Tag aussieht... Worauf ich stolz bin, weil ich das geschafft habe... Und das mit den Tränen? Ja, doch, mir fällt etwas ein. Das würde ich natürlich nicht jedem gleich erzählen.

Dann überlege ich, wie wohl mein bester Freund diese oder jene Frage beantworten würde. Oder meine Frau. Ich komme ins Grübeln. Es geht noch weiter: Wofür im Leben bist du besonders dankbar? Von allen Menschen in deiner Familie, wessen Tod würde dich am meisten erschüttern? Warum? Was ist dir am wichtigsten in einer Freundschaft?

Entwickelt hat die 36 Fragen ein Sozialpsychologe schon vor zwanzig Jahren. Populär geworden sind sie, als die *New York Times* eine kleine App daraus gemacht hat. Man lädt das Programm auf sein Smartphone und klickt sich durch die Fragen. Und dann kursierten Geschichten: Wenn man das mit einem wildfremden Menschen mache und sich anschließend vier Minuten in die Augen sehe, würden sich die meisten ernsthaft verlieben. Kann schon sein. Wer sich zusammensetzt und diese Fragen nach und nach beantwortet, kommt sich jedenfalls ziemlich nahe. Und was unter Fremden funktioniert, die das einfach mal ausprobieren, sollte doch erst recht unter Freunden gehen. Und in einer Beziehung, wenn man schon lange zusammen ist, könnte es noch mal richtig spannend werden – und schön. Interesse vorhanden, Nähe garantiert, Liebe nicht ausgeschlossen.

Und wenn man sich nicht zu zweit gegenübersitzt, sondern als Familie beim Abendessen zusammenkommt? Geht da auch mehr?

Bei uns ist es oft so: Meine Tochter und ich begrüßen uns, wenn ich nach Hause komme, und dann frage ich sie: „Na, wie war dein Tag?" „Gut", sagt sie dann. Ich denke: *Okay, ich hab gefragt*. Und sie denkt: *Ich hab ja geantwortet*. Wirklich erfahren haben wir nichts voneinander.

Seit einiger Zeit probiere ich etwas Neues. Dann frag ich schon mal: „Was war das Lustigste, das du heute erlebt hast?" Oder: „Hast du heute etwas gelernt, das du spannend findest?" Plötzlich sind wir im Gespräch. Manchmal erzählt sie aus den neuen Kursen, die sie jetzt besucht. Mich interessiert: „Gibt es da jemanden, mit dem du gern befreundet wärst? Möchtest du etwas dafür tun?"

So haben wir schon manches spannende Abendessen erlebt. Auf Dauer verändert das etwas. Wir leben nicht mehr zusammen in getrennten Welten, sondern geben uns Einblicke in die Welt des jeweils anderen. Wir teilen die Zeit und die Aufmerksamkeit. Meine Tochter fragt natürlich auch zurück: „Papa, hat dich heute etwas geärgert oder aufgeregt? Was fandest du heute richtig gut?“

Es gibt diese Geschichte in der Bibel, in der Jesus Martha und Maria besucht, die beiden Schwestern. Martha ist voll im Stress, hat wahrscheinlich schon den ganzen Tag alles gemanagt. Sie ist in der Küche zugange, kümmert sich ums Essen, räumt auf, damit alles gut wird für den Abend. Maria setzt sich mit dem Gast zusammen. Sie reden. Wer weiß, worüber. Die beiden sind so ins Gespräch vertieft, dass Martha sich irgendwann beschwert. „Kann meine Schwester mir nicht helfen?“ Jesus sagt: „Marta, du hast viel Sorge und Mühe. Aber Maria hat das Richtige getan.“

Soll wohl heißen: Manchmal muss man den Alltag unterbrechen. Nicht immer noch was machen. Nicht nur an die eigenen Dinge denken. Sondern sich hinsetzen, sich in die Augen sehen, reden. Und zuhören, wenn das Gegenüber redet. Mit Zeit und mit echtem Interesse. Dann kommt man sich nahe. Das ist geteilte Zeit. Und das ist doch das Schönste.[43]

Das Glück der langen Strecke

Wir ziehen einfach so weiter
alles warm und vertraut
alle Aussichten heiter
dieser Tag ist geklaut

Wir erforschen ganz leise
jedes fremde Terrain
manche neue Sichtweise
tasten uns langsam vor

Hier ist nie alles beim Alten
hier wird weiter geträumt
auf dem Weg durch die Zeiten

Ich kenn mich aus in deinem Hinterland
weil ich da zu Hause bin
soweit ich das heute sagen kann
will ich nie woanders hin
denn soweit ich das überblicke
liegt hier das Glück der langen Strecke

IN BEWEGUNG

„Ohne Bewegung ist nur der Tod“, sagt mein Physiotherapeut. Und lacht dabei. Dann geht es wieder los: Rückengymnastik auf der Matte, Krankengymnastik an den Geräten. Kreuzheben, Bankdrücken, Kniebeugen, Beinpressen – alles mit Gewichten. Die meisten hier haben Rückenbeschwerden.

Auch ich gehöre zu denen, die schon lange keinen Sport mehr treiben, jedenfalls nicht regelmäßig. Einen Stift halten kann ich gut. Aber Kniebeugen mit zusätzlichen Gewichten auf den Schultern? Das musste ich lernen. Zweimal die Woche trainiere ich nun in einer kleinen Gruppe.

„Viele wollen einfach keine Verantwortung übernehmen“, meint unser Therapeut halb verärgert, halb verwundert. „Die haben sich dreißig Jahre lang nicht richtig bewegt, und dann hätten sie am liebsten eine Operation, die alles wieder gut macht. Aber das geht nicht. Man muss etwas tun. Verantwortung übernehmen. In Bewegung bleiben.“

Ohne Bewegung ist nur der Tod. Das sind seine Worte. Ich spiele in Gedanken mit diesem Satz. Was bewegt Menschen? Wenn in den Nachrichten schockierende Bilder zu sehen sind, werden Menschen berührt. Ein schwerer Unfall auf der

A3, die Trümmer eines abgeschossenen Flugzeugs, Flüchtlinge, die auf einem völlig überfüllten Boot an der Küste Lampedusas ankommen. Diese Bilder bewegen. Dann bin ich nicht nur persönlich berührt, ich will auch, dass etwas anders wird, in Bewegung kommt. Ich möchte, dass Frieden gefunden wird in der Ukraine, der belastbar ist und Menschen wieder in Ruhe leben lässt; ich möchte, dass Menschen in Afrika nicht aus ihrer Heimat fliehen müssen, und wenn doch, dann nicht so. Es ist wie bei den Rückenschmerzen. Es tut weh – und es muss etwas anders werden.

Im Bekanntenkreis hat eine Frau ein halbes Jahr lang mit dem Krebs gekämpft und ist am Ende gestorben. Die Familie, die besten Freunde, die Menschen auf der Palliativstation haben sie nach Kräften begleitet. Schmerzen gelindert, zugehört, ausgehalten. Auch eine Ehrenamtliche vom Hospizdienst war zweimal die Woche da. Dann konnte der Ehemann mal raus, etwas erledigen oder für sich sein – und wusste seine Frau gut begleitet. Mit der Hospizhelferin konnte er über Ängste reden, über die er in der Familie nicht gern gesprochen hätte. Das war bewegend.

Aus solchen bewegenden Erfahrungen mit Krankheit, Tod und Trauer ist die Hospizbewegung entstanden. Menschen übernehmen Verantwortung. Niemand soll allein sein in schweren Zeiten des Lebens. Das alles geht nur, wenn die Beteiligten Vertrauen haben. Ihr Vertrauen auf andere setzen, die sich bewegen lassen.

Von etwas bewegt sein ist ein starkes Gefühl. Erst recht, wenn es um Menschen geht, die wir kennen. Jeden Freitag macht sich Frau Jansen auf den Weg zur Tafel, der Lebensmittelausgabe für Bedürftige. Die öffnet um 14 Uhr im evangelischen Gemeindezentrum. Frau Jansen wohnt im Nachbardorf und kommt zu Fuß. Sie ist 72 Jahre alt und geht ein wenig gebückt. Sie zieht einen kleinen Koffer auf zwei Rollen hinter sich her und hofft, dass es wieder einiges gibt, was sie mitnehmen kann: Obst, Gemüse, Milch, Brot.

Mit ihren kleinen Schritten zieht sie jeden Freitag los. Sie braucht fast eine Stunde für einen Weg. „Dass es mitten in Deutschland so eine Armut gibt, habe ich nicht gewusst", sagt eine ehrenamtliche Helferin, die gerade neu angefangen hat. Das Schicksal dieser Frau geht ihr nah. Mit dem Wenigen, was sie hat, kann sie nicht leben. Sie muss darauf vertrauen, dass andere ihr helfen. Dass die Gesellschaft sie wahrnimmt. Dass irgendjemand Kisten schleppt, mit einem Kleintransporter die Supermärkte abfährt, um 14 Uhr die Tür aufschließt. Das geschieht. Was für ein Glück.

Von etwas bewegt sein ist ein starkes Gefühl. Und es bewegt Menschen dazu, selbst etwas zu tun. Etwa 20 Ehrenamtliche helfen bei dieser Tafel mit. Sie wollen, dass sich etwas bewegt. Ihre Arbeit ist auch ein stiller Protest gegen die Armut in unserem Land. In Kirchengemeinden gibt es ein hohes zivilgesellschaftliches Engagement. Das haben Soziologen herausgefunden. An keinem anderen Ort finden Menschen so gute Möglichkeiten, um gemeinsam etwas zu bewegen. Ein Umweltbewegter kümmert sich um die Solaranlage auf dem Kirchendach und findet Mitstreiter dafür, eine Gruppe von Frauen gründet einen Besuchsdienst, sie gehen zu älteren und kranken Menschen in der Nachbarschaft, Jugendliche arbeiten selbst im Jugendzentrum mit, sie leiten Gruppen, backen Pizza, schlichten Streit.

Ohne Bewegung ist nur der Tod. Viele Menschen wollen etwas bewegen. Sie wollen selbst Verantwortung übernehmen. Das ist nicht selbstverständlich. Aber für die meisten ist es eine gute Erfahrung. Ich kann etwas bewirken. Wenn ich etwas ändere, wird auch etwas anders.[44]

Du weißt schon wer

nestbeschmutzend
tatverdächtig
welterschütternd
wortgewaltig

Das ist er
du weißt schon wer
er sieht dich an
und sagt steh auf
fang endlich an
und hör nie auf

Vertrauen zu riskieren
die Liebe zu probieren
die Hoffnung wachzuhalten
die Welt doch zu gestalten

fang endlich an und hör nie auf!

unermüdlich
herzerwärmend
hocherfreulich
richtungweisend

Das ist er
du weißt schon wer …

FAIR PLAY

Am Eingang gibt es kleine rote Trillerpfeifen. Für jeden eine, auch für die Erwachsenen. Vorn auf dem Tisch zwischen Blumen und Kerzen liegt ein Fußball in den Landesfarben Brasiliens: grün, gelb, blau. Ganz an der Seite finden wir noch Platz. Und denken an 2014, als die Fußballwelt noch in Ordnung war und die deutsche Mannschaft mit dem Titel nach Hause kam.

Wir sitzen auf Kirchenbänken, der Tisch vorn ist ein Altar, und was gleich beginnt, ist ein Gottesdienst. Das Motto: *Fair play for fair life*. Also: fair spielen für ein faires Leben – oder so ähnlich. Ich bin gespannt. Was sollen wir bloß mit den Trillerpfeifen?

Im Fußball braucht es Schiedsrichter, damit fair gespielt wird. Das versteht jeder. Der Schiedsrichter pfeift, wenn ein Spieler gefoult wird. Dann gibt's Freistoß oder Elfmeter. Der Linienrichter pfeift auch, wenn der Stürmer im Abseits steht. So ein Schiedsrichter ist wichtig.

Fair spielen für ein faires Leben? Wir hören Lebensgeschichten von Kindern und Erwachsenen in Brasilien. Anwesende schlüpfen in deren Rolle und erzählen, wie sie leben.

Und wir in den Kirchenbänken? Wir sollen pfeifen, wenn wir etwas nicht fair finden.

Da ist Antoninho, er ist 14 und lebt in São Paulo auf der Straße. Seine Eltern kennt er nicht, in der Schule war er das letzte Mal, als er 9 war. Er schlägt sich mit Gelegenheitsarbeiten durch. Autos waschen oder Schuhe putzen für Touristen. Ist das fair? Nein! Alle zücken die Trillerpfeifen. Der Lärm ist ohrenbetäubend.

Dann hören wir, dass Antoninho heute von einem Jugendheim betreut wird. Er kann dort schlafen, muss aber nicht. Tagsüber gibt es drei Mahlzeiten und Kurse für alle, die die Schule zu Ende machen wollen. Das klingt schon besser.

Dann ist da noch Natalia. Ihre Familie sind Bauern, sie sind zu siebt. Früher haben sie Soja gepflanzt für den Export nach Europa. Für das Saatgut mussten sie einen kleinen Kredit aufnehmen. Sie hatten Vertrauen. Es sollte aufwärts gehen. Sie wollten sich auch mal etwas leisten können. Doch es ging nur ein paar Jahre gut, dann fiel das Land an die Bank. Soja für den Export nach Europa, das lohnt sich wohl doch nur für die Großen. Die Familie von Natalia zog Richtung Norden. Am Amazonas hatte ihnen die Regierung Land versprochen. Wieder hatten sie Vertrauen. Sie würden neu anfangen. Doch der sandige Boden brachte nicht genug Ertrag. Ist das fair? Die Antwort: Nein – Alle pfeifen.

Wir hören, dass die Landlosen sich organisiert haben. Sie setzen ihr Vertrauen nicht mehr auf die Großen, die Banken, die Regierung. Sie schließen sich zusammen und vertrauen einander. Sie besetzen Land von Großgrundbesitzern, führen

Prozesse, bekommen es schließlich zugesprochen und fangen wirklich neu an. Und zwar zusammen. Jetzt pflanzen sie für den eigenen Bedarf. Das ist nur fair.

Bei aller Fußballfreude, es gibt so manches, worüber ich mich aufrege und bei dem ich am liebsten die Trillerpfeife zücken würde. Als die Landlosen 2014 ihre Hütten aus schwarzen Plastikplanen nun auch mitten in der Stadt aufstellen, kann ich das gut verstehen. Sie wollen Aufmerksamkeit, auch die der Fernsehkameras.

Was ist denn nun „fair play"? „Fair" sagen Leute, wenn sie „rücksichtsvoll", „umsichtig" oder „gerecht" meinen. Nicht nur die eigenen Interessen durchsetzen, sondern auf andere achten, das gehört zum christlichen Glauben.

Die Welt ist ziemlich unfair. Beim weltweiten Handel oder bei der Verteilung von Ressourcen wie Wasser, Land und Nahrungsmitteln ist von „fair play" meist nicht viel zu spüren. Weder Antoninho noch Natalia können etwas dafür, dass sie arm sind.

Ich will jetzt mehr wissen, irgendwas tun. Auf den Internetseiten von *Brot für die Welt* finde ich Videos, Hintergrundinformationen – und sogar eine „Fair-änder-Bar". Mal sehen, wohin das führt …[45]

MÖHREN AUF DEM MOND

„Es ist ein kleiner Schritt für eine Möhre, es könnte ein großer Schritt für die Menschheit werden – wenn die US-Weltraumbehörde ihre Ankündigung wahr macht, auf dem Mond Gemüse zu ziehen." Eine Meldung aus einem Newsletter.

Was daherkommt wie ein Scherz oder eine Zeitungsente, ist die reine Wahrheit: Beim nächsten Raumflug möchte die NASA einen Mini-Garten zum Mond schicken. An Bord: Rüben, Basilikum und Gänserauken. Mittels dieses Experiments wollen Forscher testen, ob und wie man auf dem Mond Gemüse pflanzen kann.

Alle wissen: Auf der Erde herrscht Hunger. Liegt die Lösung jetzt im All? Wohl kaum, so lese ich weiter in meinem Newsletter. Der kommt von *Brot für die Welt*, und die Hilfsorganisation erschreckt mich mit einer schlichten Information: Eine Fläche drei Mal so groß wie die Niederlande wird jedes Jahr durch menschlichen Einfluss unbrauchbar gemacht. Wohlgemerkt: Nicht durch Naturgewalten, sondern weil Menschen das so machen. Regenwald wird gerodet, der sandige Boden bringt aber nur zwei Jahre Erträge. Riesige Monokulturen für Viehfutter oder Biosprit werden angelegt, damit die Reichen noch reicher werden. Die Folge: die Böden laugen aus, Menschen werden in den Hunger getrieben.

Dreimal die Fläche der Niederlande – jedes Jahr kaputt. Ich bin wirklich erschrocken. Also doch bald „Möhren auf dem Mond“?

Noch ist Hunger kein Problem der Mengen, sagt *Brot für die Welt*, denn eigentlich reichen die global erzeugten Lebensmittel locker aus, um alle Menschen auf der Welt satt zu bekommen. Es ginge sogar in jedem Land, in jeder Region. Und trotzdem hungert jeder achte Mensch. Damit wirklich alle satt werden, muss fruchtbares Land wieder zuerst der menschlichen Ernährung dienen, so die Forderung der Hilfsorganisation. Es muss denen gehören, die es bebauen: den Kleinbauern, die oftmals ihr Land verloren haben oder enteignet wurden.

Und ich? Klar, ich habe etwas gespendet, wie jedes Jahr vor Weihnachten. Aber ein paar Mausklicks weiter lenkt mich mein Newsletter zu einem spannenden Selbstversuch: Unter www.fussabdruck.de kann ich mit 13 einfachen Fragen meinen „ökologischen Fußabdruck“ schätzen. Da geht's um Ernährung, Wohnen, Konsum und Mobilität. Ist ja klar: Wie ich lebe, hinterlässt Spuren. Verbrauche ich viel Erde oder wenig? Mir schwant Übles.

Schon die erste Frage trifft einen wunden Punkt: „Wie oft isst du Fleisch oder Wurst?“ Täglich? 2-4mal die Woche? „Wie oft kaufst du Bio-Lebensmittel?“ Okay, ich will ehrlich sein: nur hin und wieder. Die hübschen Grafiken animieren mich zum Weitermachen. „Wie groß ist deine Wohnung?" Einfamilienhaus, 140 Quadratmeter, zu dritt. „Wie viele Kilometer pro Jahr fährst du Auto?" Hier gibt's kein Entrinnen, ich bin Berufspendler.

Nach der letzten Frage teilt mir das Programm lapidar mit: Wenn alle so leben würden wie ich, bräuchten wir etwa 3,5 Erden. Schöne Bescherung.

Ich ahne, nein, ich weiß es längst: Weil ich so viel Fleisch esse, wird in Südamerika Soja als Viehfutter angebaut. Weil ich großzügig heize und alle Haushaltsgeräte habe, die man nur haben kann, verbrauche ich viel Energie. 3,5 Erden.

Nun ist es raus: Ich bin ein Öko-Schwein. Ich habe das mal auf Facebook gepostet, mit der Frage: „Wie viele Erden braucht ihr?" 3,1 schreibt ein Freund, 2,5 eine Freundin. 2,1 ist der Spitzenwert.

Mein sportlicher Ehrgeiz ist geweckt. Regionales einkaufen geht leicht. Weniger Fleisch auch. Gut, zur Arbeit fahren muss ich weiterhin. Aber weniger als 3,0 muss doch zu schaffen sein.

Wär zumindest ein Anfang. Damit irgendwann genug da ist. Für alle.[46]

Die Hummel fliegt –

GOTTVERTRAUEN

NOCH HEUTE

Wenn ich die Worte „noch heute" bei Google eingebe, spuckt die Internetsuchmaschine erstaunliche Funde aus: Ich kann „noch heute" eine Frau treffen, „noch heute" einen Kredit bekommen und soll unbedingt „noch heute" einen Termin vereinbaren. Das klingt, als gäbe es ganz schön viel Hoffnung für Kurzentschlossene. Kann das alles gut gehen? Das klingt doch eher nach einer gewissen Verzweiflung als nach großem Vertrauen, oder?

„Wenn ich wüsste, dass morgen die Welt unterginge, würde ich noch heute ein Apfelbäumchen pflanzen." Das soll Martin Luther gesagt haben. Vor etwa 500 Jahren. Der gelehrte Mönch wollte seine Kirche verändern. Er kämpfte gegen die Autoritäten und für Reformen. Er hat eine Bewegung angestoßen, die die Welt verändert hat. Bestimmt kam ihm manchmal alles festgefahren und ausweglos vor. Dann war er ein Freund klarer Worte und starker Bilder. So wie dem von dem Apfelbäumchen.

Aber: Noch einen Baum pflanzen, wenn schon klar ist: Morgen ist alles vorbei? Das kann leicht verzweifelt klingen. Oder trotzig. Oder ... stark. Denn wer weiß schon, was morgen wirklich kommt? Soll ich mich von irgendeiner Angst bestimmen lassen? Warum eigentlich? Dann lieber Vertrauen haben. Dann lieber etwas tun. Einen Baum pflanzen. Noch heute.

Man muss ja nicht gleich an einen Börsenkrach oder eine Naturkatastrophe denken. „Weltuntergang“, das geht auch kleiner. Was, wenn die Firma, in der mein Freund arbeitet, wirklich von dem neuen Investor übernommen wird? Der würde vieles anders machen. Wäre dann noch Platz für den Computerfachmann Anfang 50?

Das eigene Leben kann ganz schnell erschüttert werden. Was ist mit den Nachbarn, deren kleine Tochter den schweren Unfall hatte? Plötzlich ist alles ganz anders. Hoffen und Bangen, mühsam wieder auf die Beine kommen.

„Wenn ich wüsste, dass morgen die Welt unterginge, würde ich noch heute ein Apfelbäumchen pflanzen.“ Der Satz stellt sich gegen alles, was das Leben erschüttern kann. Wer noch heute einen Baum pflanzt, der glaubt, dass morgen schon alles anders werden kann.

Kürzlich sah ich in den Nachrichten Bilder aus Japan. In einem Ort an der Küste, etwa 70 Kilometer von Fukushima entfernt, pflanzten die Anwohner 20000 kleine Bäumchen in die Erde. In zehn Jahren sollen sie zehn Meter hoch sein. Eine junge Frau sagte in die Kamera: „Ich habe diese Bäumchen gepflanzt, damit die Menschen hier vor einem Tsunami geschützt sind.“

Der Tsunami in Japan hat das Leben der Menschen erschüttert. Viele haben Freunde und Angehörige verloren.

Heute pflanzen sie diese kleinen Bäumchen, gerade mal einen halben Meter hoch. Ein trotziges Hoffnungszeichen. Morgen schon soll alles anders sein.

Ob Luther den Spruch mit dem Apfelbäumchen wirklich gesagt hat, weiß man nicht. Das erste Mal belegt findet man ihn 1944. Mitten in den Wirren des zweiten Weltkrieges. Wahrscheinlich wurde dieser starke Satz Luther einfach in den Mund gelegt. Wenn das stimmt, haben es wohl Menschen getan, die verzweifelt waren, aber auf keinen Fall die Hoffnung aufgeben wollten.

In Wittenberg, wo Martin Luther gelebt und gewirkt hat, wurden 500 Bäume gepflanzt. Ein wachsendes und lebendiges Denkmal ist entstanden: der Luthergarten. Unter den Bäumen können Menschen spazieren gehen und überlegen, worauf sie vertrauen, wenn's mal schwer wird. Oder was sie – trotz allem – heute noch tun wollen.[47]

Auf lange Sicht

Wenn alles was vor dir liegt
noch gar keinen Sinn ergibt
wenn der der das Leben gab
für dich nur noch Rätsel hat
dann brauchst du Vertrauen
um doch nach vorne zu schauen

Die Hoffnung
manchmal stirbt sie viel zu früh
ganz egal wie du dich mühst
du kannst jetzt mit ihr untergehen
oder doch den Morgen sehen

Die Zukunft
sie ist kein unbeschriebenes Blatt
weil Gott schon angefangen hat
er legt dir alles in die Hand
was du nur selbst vollenden kannst

Du lebst auf lange Sicht
Gott stellt dich in sein Licht
du kannst jetzt weitersehn
und eigne Wege gehen

DIE HUMMEL FLIEGT

Jeden Morgen, wenn ich das erste Mal vor die Tür gehe, um mal zu gucken, wie das Wetter ist, höre ich ein fettes Brummen. Eine Hummel sitzt in dem Strauch im Vorgarten und fühlt sich morgens um halb sieben offenbar aufgescheucht. So torkelt sie mit ihrem fetten Brummen etwas müde und verwirrt durch die Luft, dreht ein paar Runden und nimmt dann wieder Platz. Jeden Morgen das gleiche Spiel.

Ich hab mich schon immer gefragt, was bei der Hummel anders ist. Bienen und Wespen fliegen gerade und zielstrebig von einer Blüte zur nächsten oder Sonntag beim Frühstück in die Marmelade und zurück, nur die Hummel torkelt merkwürdig langsam und schwerfällig durch die Luft. Nun habe ich gelesen, dass die Hummel an sich gar nicht fliegen kann. Wissenschaftler haben das herausgefunden: So, wie sie gebaut ist, wenn man ihr Gewicht bedenkt, ihren Körperumfang, die kleinen Flügel, die Schnelligkeit der Rotation – so kann sie unmöglich fliegen. Der Clou ist: Das weiß die Hummel nicht. Und also fliegt sie doch. Ein kleines Wunder der Natur. Und ein starkes Bild für das, was möglich ist. Nach dem Motto: Hab Vertrauen, das wird schon.

Mir sind schon oft Menschen begegnet, bei denen dachte ich auch: Das geht doch niemals. Mit der Lebensgeschichte, mit dem bisschen Kraft hier etwas zu verändern? Unmöglich! Da ist ein Mann, Mitte 50, dem das Leben übel mitgespielt hat. Vor einem Jahr starb seine Frau. Der einzige Sohn wohnt in München, er ist allein. Was alle zunächst für ganz normale Trauer halten, verfestigt sich zu einer echten Depression. Jetzt hat seine Firma 30 Leute entlassen, er ist einer davon. Er kann die Monate zählen, bis er Hartz IV bekommt. Und dann staune ich: Irgendetwas rüttelt ihn auf einmal wach. Er bewirbt sich, trifft sich wieder mit Freunden, sucht Beratung. Das geht eigentlich gar nicht, aber: Er tut es. Die Hummel fliegt!

Es gibt unzählige solcher Geschichten: Eine Schülerin droht den Abschluss nicht zu schaffen. Und dann macht auch noch ihr Freund Schluss. Eine Frau ist plötzlich schwer erkrankt und sieht keinen Sinn mehr im Leben. Ein Mann hat sich dermaßen in Schuld verstrickt, dass er in einem absoluten Dilemma festsitzt. Lauter Geschichten, bei denen ich denke: Hier geht eigentlich gar nichts mehr. Und dann staune ich, wozu die Kraft noch reicht und was doch möglich ist. Die Hummel fliegt.

„Die sich auf Gott verlassen, kriegen neue Kraft, dass sie auffahren mit Flügeln wie Adler, dass sie laufen und nicht matt werden, dass sie wandeln und nicht müde werden" (Jesaja 40,31). So sagt es ein Prophet zu Menschen, die auch festsitzen und eigentlich nicht weiter wissen. Er sagt es zu Menschen, die vertrieben wurden. Jetzt sind sie im Exil, in der Fremde. Fast jeder hat Angehörige verloren, und auch alles andere, was das Leben ausgemacht hat, ist nicht mehr da. Da kommt man ganz schön ins Torkeln. Aber die, die sich auf Gott verlassen, kriegen neue Kraft, sagt der Prophet.

Manche Menschen können solche Erfahrungen auch heute gleich bestätigen, andere mögen ein wenig in der Erinnerung kramen: Wann war das schon mal so, nur ein einziges Mal?

„Sich verlassen" – das heißt ja eigentlich: „Ich verlasse mich." Ich verlasse meine schlechten Erfahrungen, ich verlasse mein müde gewordenes Herz, setze mit letzter Kraft auf Gott. Dann kann ich erleben: Die Hummel fliegt! Und ich auch.[48]

Woran denkst du

Woran denkst du
wenn der Himmel blau ist
wenn die Sonne wieder strahlt
nur weil es dir allein so scheint

Woran denkst du
wenn der Himmel grau ist
und die Wolken hängen tief
weil's heut für dich nicht so gut lief

Woher nimmst du immer wieder Kraft
dass du leben kannst
sag mir wie du das für dich so machst
dass du träumen kannst

WENIGER PLANEN, MEHR LEBEN

Karriere nach Plan, Hausbau im Soll, Kinder auf Linie. Manche Menschen leben ihr Leben wie auf dem Reißbrett, als könnte man alles planen. Die Liebe, den Beruf, das Haus, alles zur rechten Zeit. Junge Frauen lassen ihre Eizellen schockgefrieren bei minus 197 Grad. Für den Tag X. Wenn Mister Right gefunden ist, wenn der entscheidende Karriereschritt getan ist, wenn... ja, und wenn nicht?

Andere setzen auf möglichst viel Sicherheit: Bausparvertrag, Lebensversicherung, Altersvorsorge. Möglichst früh an später denken. In keinem anderen Land der Welt gibt es so viele Versicherungen wie bei uns in Deutschland. Ist das hilfreich? Schützt es denn vor den Widerfährnissen des Lebens?

Selbst in kleinen Dingen scheint heute alles planbar. Mein Handy kann mir den Weg zeigen, wenn ich mich verlaufen habe. Es sagt mir, wenn der Zug Verspätung hat und ob es in drei Stunden regnet. Kann man denn gar nichts mehr dem Zufall überlassen? Einfach mal Vertrauen haben? Nach dem Motto: Wird schon?

Klar, etwas Planung ist gut. Wer nicht einkauft, hat nichts im Kühlschrank. Wer keine gute Ausbildung macht, bekommt nur die schlechten Jobs. Wer nicht vorausschaut, hat oft das Nachsehen. Aber wo ist die Gelassenheit geblieben? Das Grundvertrauen, dass schon werden wird, was werden soll?

„So Gott will", sagen Menschen oft, wenn sie ausdrücken wollen: Es liegt nicht nur an mir. Ich kann nicht alles selbst machen. Ob meine Pläne aufgehen, ist offen. Das finde ich eine sympathische Haltung. Ich möchte jedenfalls offen sein für die Zufälle des Lebens. Dass meinem Freund mit Anfang 50 noch mal eine neue Stelle angeboten wurde, war völlig unvorhersehbar. Wir waren alle überrascht und haben uns mit ihm gefreut. Dass die junge Kollegin plötzlich schwanger ist, war so nicht geplant. Jetzt freut sie sich riesig, will heiraten und umziehen. Das Leben ist doch oft launisch und nicht linear.

Manchmal wünschte ich, wir würden einfach weniger planen und mehr leben. Wo ist zum Beispiel die Langeweile der Jugendlichen geblieben? Nachmittage ohne Pflicht und Programm, Stunden, in denen sie sich treffen, einfach so, um zu quatschen, zu spielen oder um die Häuser zu ziehen. Tage, in denen sie sich treiben lassen. Stattdessen werden sie getrieben, in Schule, Ausbildung, Studium, Job. Alles soll schnell gehen und gut werden. Wie soll da eine Persönlichkeit reifen, wie soll Erfahrung wachsen?

Weniger planen und mehr leben – schön wäre das. Leben unter Vorbehalt. Leben als Versuch. Sich mal überraschen lassen. Das Navi abschalten und trotzdem den Weg finden. Nicht alles absichern, sondern dem eigenen Gefühl trauen. In diesem Moment leben – und nicht erst in der Zukunft.

Im Grunde haben wir Menschen alles, was wir dafür brauchen. Gott hat uns mit vielen Fähigkeiten begabt. Die gilt es zu entdecken und zu entwickeln. Und auf die müssen wir uns auch letztlich verlassen. So wie der Mittelstürmer, der den Pass plötzlich nach hinten links spielt, ohne sich umzudrehen. Er hatte nur so eine Ahnung, dass sein Mitspieler mit aufgerückt war. Oder die Krankenschwester auf der Intensivstation, die den Patienten sieht und sofort den Arzt alarmiert. Die Geräte zeigten gar nichts Auffälliges an. Aber der Arzt kommt gerade rechtzeitig. Es war nur so ein Gefühl, sagt sie hinterher.

Wo Menschen einfach mal auf ihre Erfahrung setzen oder ihrem Bauchgefühl trauen, treffen sie oft die richtige Entscheidung. Klar, man kann auch mal danebenliegen. Oder auf die Nase fallen. Aber nie zu springen ist ja auch langweilig, oder?

Wer einfach Erfahrungen sammelt, Ideen ausheckt und Chancen sucht, den trifft womöglich auch das Glück. Gott hat das Leben gut geschaffen. Also kann es auch gut werden. Nicht weil wir alles im Griff haben, nicht weil wir alles gut geplant hatten, sondern weil wir einfach Vertrauen haben.[49]

Plan B

Für den Fall dass Stricke reißen
manchmal träum ich davon
wer fängt mich auf wenn ich fall
Wenn mich mal die Hunde beißen
und ich komm nicht davon
wer ist dann da aber schnell
Bleibt kein Stein mehr auf dem andern
kann doch sein und was dann
Wer ist dann da der mir hilft

Wach ich auf noch schweißgebadet
wärst du dann die gute Fee
ja dann tut es auch schon nicht mehr weh
denn ich suche doch nur den Plan B

VIELEN DANK FÜR IHR VERSTÄNDNIS

„Vielen Dank für Ihr Verständnis“, sagt das Schild rechts am Rand der Autobahn. Hab ich aber nicht. Jeden Morgen das Gleiche: Drei Kilometer Stau. Fahrbahn verengt, LKWs auf Tuchfühlung, ständig der Blick auf die Uhr. Und dann bedankt sich dieses Riesenschild für mein Verständnis. Was wird hier eigentlich gemacht? Die Leitplanke erneuert? Die Fahrbahnmarkierung? Immer wieder stockender Verkehr. Verständnis? Nein, hab ich nicht. Jedenfalls nicht morgens um halb acht.

„Alles hat seine Zeit“, lautet ein weiser Satz aus der Bibel. Soll das auch für Baustellen gelten? Auf der Autobahn? Daran wird die Bibel kaum gedacht haben. Aber vielleicht an die Baustellen im Leben. Manche, die immer auf der Überholspur waren, werden unsanft ausgebremst. Dann setzt der Körper Signale. Ein Bandscheibenvorfall, und schon geht alles nur noch sehr langsam. Ein kleiner Schlaganfall, gerade noch mal Glück gehabt, aber schon sieht das ganze Leben anders aus. Das nächste Mal kann das eine richtig große

Baustelle werden. Also doch mal das Tempo rausnehmen? Den eigenen Lebensweg überdenken? Die Markierungen nachziehen, die nicht überschritten werden dürfen?

Viele erreichen irgendwann im Leben einen Punkt, wo sie umlenken möchten. Manche im hohen Alter, manche mitten im Leben. Das steht bei den meisten Leuten nicht gleich in der Zeitung. So wie die Band auf Abschiedstournee. Oder der Papst, der zurücktritt. Aber im Umfeld der Betroffenen ist es allemal eine Nachricht wert.

Bei Freunden von mir sind die Kinder aus dem Haus. Sie ziehen in eine kleinere Wohnung. Statt 140 Quadratmetern jetzt nur noch 80, statt Garten ein Balkon. *Downsizing* nennt man das, sich verkleinern, und sie setzen es um, ganz radikal.

Die Lehrerin, die vergangenes Jahr noch fröhlich unterrichtet hat, eröffnet jetzt einen kleinen Laden: Bücher und Weine. Sie wirkt glücklich. Auch wenn manche sie an der Schule vermissen. Manchmal gibt's im Leben eine Baustelle; dann geht's nicht weiter auf der Überholspur, nicht mal auf der gewohnten Strecke.

Allerdings: Veränderungen machen Angst. Man braucht Mut, um auf die Bremse zu treten, runterzuschalten, die Abfahrt zu nehmen und die gewohnte Strecke zu verlassen. Wie groß wird der Umweg sein, wo komme ich an? Das Vertraute ist doch irgendwie bequem. Warnschilder aufstellen, das eigene Leben umbauen, alle andern durcheinanderbringen? Das braucht wirklich Mut.

Ich glaube, Gott mag es, wenn Menschen diesen Mut aufbringen. Und die Welt braucht diejenigen, die mutig vorangehen, die etwas Neues ausprobieren. „Sei mutig und entschlossen! Hab keine Angst und lass dich durch nichts erschrecken; denn ich, der Herr, dein Gott, bin bei dir, wohin du auch gehst!" (Josua 1,9) So hört es Josua, der mit dem Volk Israel in ein neues Land aufbrechen will – nach einer langen Durststrecke. Er fasst Mut. Er vertraut darauf, dass Gott bei ihm bleibt.

Im Leben der Menschen in den biblischen Texten ist es selten so, dass alles immer nur geradeaus geht und direkt zum Ziel führt. Die Frauen und Männer in diesen Geschichten kennen Rückschläge und Umwege. Gott befreit sein Volk aus der Sklaverei in Ägypten. Die Israeliten brechen auf. Aus Ägypten in ein neues Land. Aus der Unterdrückung in die Freiheit. Doch dieser Weg führt nicht direkt zum Ziel, sondern zunächst in die Wüste. Manche zweifeln: „Wären wir doch in Ägypten geblieben, bei dem, was wir gewohnt waren."

Ja, Veränderungen machen Angst. Es braucht Mut, den neuen Weg wirklich zu gehen. Doch die Menschen spüren, dass Gott sie begleitet. Er gibt ihnen, was sie zum Leben brauchen, auch in der Wüste.

An dieser Geschichte erinnert mich vieles an die Wege und Umwege, die ich heute gehe. Manchmal, weil ich selbst etwas verändern will, manchmal, weil mir etwas zustößt, plötzlich etwas dazwischenkommt und ich einfach etwas ändern muss. Dann hilft es mir, mich zu erinnern: Wie habe ich das schon mal geschafft? Und darauf zu vertrauen: Gott zeigt mir Wege, die ich gehen kann. Damit aus der Baustelle kein Stillstand wird.

Es ist ja so: Wenn Menschen ernst machen und ihr Leben richtig umbauen, dann kommen tatsächlich oft alle anderen ins Stocken. Die alten Freunde, die meinen, so wie es bisher war, war es doch gerade gut. Die Kollegen, die Familie. Aber alles hat seine Zeit. Auch die Baustellen im Leben. Irgendwann ist das mal dran. Es braucht Mut und Vertrauen. Und am Ende ist ein Ziel erreicht und das Leben wieder im Fluss.[50]

ENTSCHEIDUNGEN

„Ja oder Nein? Entscheide dich!" Die Eltern diskutieren mit ihrem kleinen Sohn vor der Kabine, es geht um eine Jeans oder ein T-Shirt, ich weiß es nicht. Ich sehe den Kleinen da stehen. Er guckt unschlüssig und die Eltern drängen.

Sich zu entscheiden ist manchmal gar nicht so einfach. Ich kenne das. Man gebe mir eine Speisekarte und ich bin verloren. Alle anderen wissen längst, was sie nehmen wollen, nur ich blättere noch hin und her. Manchmal nehme ich einfach die Nummer 42, egal, was das ist. Führt zu überraschenden Ergebnissen, aber immerhin ist eine Wahl getroffen.

„Nun entscheide dich endlich" – oft ist es auch eine innere Stimme, die drängelt, wenn wir auf der Stelle treten. Sie meldet sich bei eher unwichtigen Dingen wie: Keks oder Schokolade, helles Sakko oder doch lieber das dunkle, das Handy mit Vertrag oder ohne? Und sie quält uns erst recht bei den großen Fragen, wenn es wirklich um etwas geht: Die Bewerbung tatsächlich abschicken? Den etwas zu teuren Urlaub trotzdem buchen? Die Eigentumswohnung kaufen oder doch weiter mieten? Von der großen Liebe mal ganz zu schweigen.

Sich zu entscheiden, eine Wahl zu treffen, das ist heute in vielen Fragen schwieriger als in früheren Jahren. Früher mussten Menschen viel weniger überlegen, welches Leben sie führen wollten und was für sie richtig war. Vieles war vorgegeben. Schule, Ausbildung, Beruf, Heiraten und Kinder haben. So machte man das eben. Herkunft, Geschlecht und Bildung haben vieles vorgeprägt.

Ein Kollege von mir war der Erste in seiner Familie, der studiert hat. Eine absolute Ausnahme. Heute ist das anders. Zum Glück. Es gibt unzählige Möglichkeiten, das eigene Leben zu führen. Menschen können viel freier entscheiden. Das Problem: Wir *müssen* uns auch entscheiden.

Das Leben ist komplizierter geworden. Und sich entscheiden zu müssen heißt, es kann auch richtig schiefgehen. Denn mit den Gewohnheiten sind auch die Sicherheiten verloren gegangen. Menschen in der zweiten Lebenshälfte haben oft schon den dritten Beruf, mindestens aber die dritte Stelle. Vielleicht sind sie auch nach einer langen Beziehung wieder allein und müssen sich neu orientieren. Die neue Freiheit bringt auch Risiken.

Was könnte helfen? Eigentlich müssten wir das tief in uns drin haben: die Fähigkeit, kluge Entscheidungen zu treffen. Beim Fernsehen oder im Internet können wir das mit einem Blick entscheiden: bleiben oder weiterzappen. Anklicken oder weiterscrollen. Ein kurzer erster Eindruck, und schon entscheiden wir. Aber da steht eben auch nicht viel auf dem Spiel.

Bei den großen Entscheidungen ist es eher so, als ob man eine Tür öffnet und einen neuen Raum betritt. Sei es mit der neuen Stelle, die einen Umzug nötig macht, sei es mit diesem besonderen Menschen, mit dem zu leben vielleicht sogar auf Dauer schön sein könnte. Das Problem: Wer die Tür öffnet und den Raum betritt, lässt auch etwas hinter sich. Andere Türen gehen dann zu. Will ich umziehen, muss ich bereit sein, meine gewohnte Umgebung aufzugeben und Freunde zurückzulassen. Sich zu entscheiden heißt, mit Verlusten zu leben. Kann ich das? Hab ich das schon mal gut geschafft? Wenn ja, kann die Entscheidung fallen.

Manchen Menschen hilft es, sich die Zukunft genau auszumalen. Wie fühlt sich die Entscheidung an – in fünf Minuten, in fünf Monaten oder in fünf Jahren? Den neuen Kollegen zum Geschäftspartner machen? Kurzfristig eine gute Idee, es würde die Stimmung merklich heben. Und wie wäre die Zusammenarbeit in fünf Monaten? Oh je, es wäre mühsam, bestimmte Auseinandersetzungen kämen immer wieder. In fünf Jahren? Jetzt wird klar: Es wäre keine gute Entscheidung.

Bei den eigenen Eltern ist vielleicht die Frage, ob ein Wechsel ins Seniorenheim jetzt angezeigt wäre. Das sorgt in den nächsten fünf Minuten nicht gerade für Begeisterung, könnte sich aber in fünf Monaten schon bewährt haben und ist fünf Jahre weitergedacht sicher eine gute Entscheidung.

Die Psychologie sagt, man soll auch auf das Bauchgefühl vertrauen. Nicht nur Argumente abwägen, sondern auch das eigene Gefühl befragen. Dieses „Bauchgefühl“ versammelt gleichsam die ganze bisherige Lebenserfahrung in sich. Ein guter Ratgeber. Ist da vielleicht auch der Glaube zu Hause, das Gottvertrauen?[51]

DIE SCHATZKISTE

Die Kiste steht ganz oben im Regal. Meine alte Freundin holt sie nur ab und zu herunter. Es ist ihre ganz persönliche Schatzkiste, denn sie steckt voller Erinnerungen. Nur gelegentlich klettert sie auf einen Stuhl, holt die Kiste herunter und stöbert darin. Dann schwelgt sie in Erinnerungen und kommt ins Erzählen: „Weißt du noch: Im Sommer, dieser schöne Abend in dem kleinen Restaurant an der See? Und guck mal: Der Zeitungsartikel von diesem tollen Konzert in der Kirche. Und hier: Der Stein, den wir von dem Spaziergang mitgenommen haben."

Erinnerungen sind etwas Wunderbares. Sie lassen schöne Momente immer wieder erleben. Auf einmal haben wir den Duft des lauen Sommerabends noch mal in der Nase und meinen, den Wind am Meer wieder zu spüren. Und wenn wir den Stein von dem Spaziergang in die Hand nehmen, ihn zwischen den Fingern hin- und hergleiten lassen, dann ist auch alles andere wieder da: Das gute Gefühl dieses Nachmittags, das Lachen und Toben der Kinder im Wald, das lange Gespräch, das wir damals geführt haben und das uns so gutgetan hat.

„Lobe den Herrn, meine Seele, und vergiss nicht, was er dir Gutes getan hat", heißt es in der Bibel (Psalm 103,2). Alles Gute nehmen wir aus Gottes Hand. Wer so glaubt, sieht in der eigenen Geschichte eine Geschichte mit Gott. Woher kam all das Schöne? Woher kam die Kraft, wenn's mal schwer wurde? Gott hat Gutes getan.

Solche Erinnerungen, solche Bilder sind dann nicht nur schön, sie können uns auch stark machen für alles, was kommt. Sie erinnern uns daran, mit welchen Fähigkeiten Gott uns ausgestattet hat, an welchen Erfahrungen wir gewachsen sind, wann uns etwas Schönes zugefallen ist und wie wir Herausforderungen gemeistert haben.

„Lobe den Herrn, meine Seele, und vergiss nicht, was er dir Gutes getan hat." Erinnerungen können uns stark machen, wenn andere Bilder sich nach vorne drängen oder wenn wir gerade eine schwere Zeit durchmachen. Dafür ist der Winter gut. In der dunklen Jahreszeit wird vielen Leuten auch das Herz schwer. Weil sie an einen lieben Menschen denken, den sie verloren haben. Oder weil sie mal wieder spüren: Ich werde doch älter. Oder einfach so, weil's regnet und der nächste Urlaub noch weit weg ist. Die Schatzkiste meiner alten Freundin hat schon so manchen Winterabend mit Freude und Licht gefüllt.

Erinnerungen können uns stark machen in Zeiten, in denen sich vieles verändert, in denen es Umbrüche gibt. Sie stärken das Grundvertrauen auf das Leben. Zum Beispiel, wenn jemand geht. Der beste Freund, die beste Freundin zieht weg. Nicht bloß ein Stück, sondern richtig weit. Klar, es gibt Telefone und Facebook. Aber sich mal eben treffen auf ein Glas Wein, das geht jetzt nicht mehr. All das Vertraute wird jetzt zur Geschichte.

Oder wenn die Schulzeit für die Kinder unwiederbringlich vorbei ist. Nie wieder zum Schulbus, keine Aufführungen mehr in der Aula, sondern Lehre oder Studium. Vielleicht der Auszug von zu Hause. Der Abschied fällt schwer, aber die Erinnerungen machen stark. „Lobe den Herrn, meine Seele, und vergiss nicht, was er dir Gutes getan hat."

Einer tritt einen neuen Job an, obwohl's doch eigentlich ganz schön war all die Jahre. Eine lernt jemanden kennen, verliebt sich sogar, obwohl ihr das Singledasein doch so gut gefallen hatte. Wie ist das eigentlich an solchen Wendepunkten? Wird dann wirklich alles neu, oder knüpfen wir nicht immer an Erfahrungen an, die wir früher schon gemacht haben?

So eine Schatzkiste ist etwas Wunderbares. Wer sich erinnert, in Fotoalben blättert oder in Andenkenkisten stöbert, der entdeckt die Bilder und die Erinnerungen an das Gute. Und findet das nötige Vertrauen für das Neue.[52]

MITTSOMMER

Schweden, Ostseeküste, letztes Jahr. Mittsommer. Wir konnten uns Jans alten Bulli ausleihen und fuhren mit ein paar Freunden los. Zehn Tage ohne Ziel, einfach drauflos. Endlose Wälder, kleine Seen, wildes Campen. Und dann ans Meer. Sand, Dünen und ganz viel ... nichts. Es war ein Traum.

Lea hatte es auch echt nötig. Sie ist eigentlich ziemlich taff. Aber auch sie musste mal raus aus allem.

Lea ist nicht besonders religiös. Eher eine, die alles selbst schaffen will und an nichts Größeres glaubt. Aber im letzten Sommer, als die Tage so lange hell waren, da war irgendetwas anders. Wir sind einen Waldweg entlanggefahren bis kurz vor die Küste, haben uns ein paar Sachen geschnappt und sind die letzte Strecke zu Fuß gegangen bis runter ans Meer. Sie liebt es, mit dem Schlafsack an den Strand zu gehen, sich gemütlich einzumummeln und das Meer zu hören, zu betrachten, zu spüren. Es war ein lauer Abend. Langsam ging die Sonne unter, und dann, als es endlich etwas dunkel wurde, lagen wir einfach so da und haben geredet.

Als wir so in die Sterne schauten, das Meeresrauschen im Hintergrund, sagte sie verschmitzt: „Weißt du, wenn ich es nicht besser wüsste, würde ich fast sagen: Was für ein göttlicher Moment."

Ich musste grinsen und sagte nichts.

Und Lea dann: „Vielleicht gibt's doch einen Gott, der das alles geschaffen hat."

„Also, ich", sagte ich, „kann es mir gar nicht anders vorstellen."[53]

Es gibt mehr

Nur zu rufen macht uns müde
wer wird überhaupt gehört
nur noch Taube nur noch Blinde
niemand der die Kreise stört

Es gibt mehr mehr als du siehst
es gibt mehr immer mehr als dies
Also öffne ich die Augen
und ich fange an zu glauben
höre nie mehr auf zu fragen
dieses Leben will ich wagen

Manche Wunden machen Narben
dennoch wird es weitergehn
denn ich seh die bunten Farben
dieses Lebens wunderschön

Ich will nicht auf Wolke sieben
ich will leben jetzt sofort
keine Möglichkeit verschieben
nicht an einen andern Ort

Es gibt mehr mehr als du siehst

FETTER GOLDENGEL

„Moin, mein Lieber." Die Brille beschlägt, als er hereinkommt. Sein Kumpel legt die Zeitung beiseite. Er ist der dritte Mann, der das Café betritt, nach seinem Kumpel und mir. Ansonsten sitzen hier lauter Frauen. Die Wände sind lila. Drei, Anfang 40, Typ beste Freundinnen, trinken Ingwertee, reden und lachen. Einen Tisch weiter sitzen zwei etwas ältere Damen, ins Gespräch vertieft. Über ihnen schwebt ein fetter, goldener Engel. Der gehört wohl zur Deko.

Ich habe einen Mandelzitronenkuchen bestellt und einen Milchkaffee. Eine junge Frau, blond, Lederjacke, Cappuccino, gestikuliert wild. Ihre Freundin gegenüber nickt. Worüber sie wohl reden? „Oliver kann einfach keine Emotionen zeigen", schnappe ich auf. Die beiden lamentieren über einen gemeinsamen Freund.

„Die letzte Yoga-Stunde war super", höre ich hinter mir, „aber jetzt habe ich diesen tierischen Muskelkater." Ein Café. Ein Kosmos. Ein Raum voller Leben.

Die Brille des Mannes ist wieder klar. Er guckt nachdenklich vor sich hin. Unrasiert. Allein. Wie ich. *Hier ist die Welt in Ordnung*, denke ich. Solange Menschen reden, zuhören,

„Moin" sagen, essen, trinken, Pause machen. Und sich dann irgendwo da draußen ihrem Tag stellen.

Ich schaue zu dem Barockengel hoch, der über alledem schwebt, und muss lächeln. *Danke, Gott, für diese Momente. Du hast deinen Engeln befohlen, dass sie uns behüten auf allen unseren Wegen. Ganz gleich, ob sie fett und golden sind oder hinter dem Tresen stehen und Rührei machen. Danke!*[54]

WARTEN

„Stell dich bei Dämmerung vor ein großes Wohnhaus und warte, bis elf Fenster erleuchtet sind.“ Das schlägt mein Adventskalender vor. Jeden Tag gibt er mir eine Aufgabe, eine seltsamer als die andere, aber alle drehen sich ums Warten.

Im normalen Leben kann ich gar nicht gut warten. Da bin ich ungeduldig. Aber das hier, das reizt mich. Es klingt so absurd. Also versuche ich es. Stelle mich an die Straße und warte. Elf Fenster? Wird schon klappen. Früher oder später. Vielleicht hat Vertrauen auch etwas mit Geduld zu tun.

Ich rieche den Regen. Nichts geschieht. Warum stört es mich so, wenn ich nichts tun kann? Ich muss wohl beim Warten, beim Nichtstun tatsächlich innehalten. Dann komme ich auf andere Gedanken, vielleicht sogar ins Träumen.

Worauf also warte ich? Auf Weihnachten, klar. Abends in der Kirche all die andern wiedertreffen, die auch nach Hause gekommen sind. Glühwein trinken, quatschen, lachen. Mir fällt noch mehr ein: Ich warte darauf, dass eine Freundin gesund wird. Im Job erwarte ich etwas mehr Wertschätzung für das, was ich tue. Vielleicht mal eine neue Aufgabe.

Ich fange an zu sortieren: Für manches kann ich selbst etwas tun, bei anderen Sachen brauche ich Geduld. Oder eben Vertrauen. Dass das schon werden wird. So wie hier draußen im Nieselregen. Inzwischen sind acht Fenster hell. Die drei schaffe ich auch noch. Und dann gehe ich nach Hause und mache überall zur Straße hin das Licht an. Vielleicht steht ja irgendwo noch jemand und wartet.[55]

Schreibst du mit an meinem Buch

Ich weiß früher
das leere Blatt war vor mir
Farben Stifte
doch gar kein Bild kam zu mir

Schau ins Vorwort
wie ist das Ganze hier gemeint
Gehst du mit mir
Komm wir suchen es vereint

Schreibst du mit an meinem Buch
malst du mich bei dir dazu
ich bin gern dein beschriebenes Blatt
ein Werk, das einen Namen hat
Schreibst du mit an meinem Buch
malst du mich bei dir dazu

Einer hat längst mitgeschrieben
du bist geliebt nie abgeschrieben
er fügt sich ein in unser Buch
und sagt am Ende es ist gut
Manchmal frag' ich auch noch ihn
weil ich es jetzt wissen will

Schreibst du mit an meinem Buch

KIRCHENFENSTER

Wenn die Sonne hindurchscheint, wirkt es besonders intensiv. Dann leuchten in der Mitte die hellen Farben. Gelbtöne, mal kräftig, mal etwas blasser, mal fast weiß, viele kleine Flächen – und zusammen leuchten sie.

Ich mag das große Kirchenfenster bei mir zu Hause in Wassenberg. Die evangelische Kreuzkirche ist ein Bau aus den 1960er-Jahren, eine Zeltdachkonstruktion aus Holz, Stahl und Glas. Sie sieht aus wie eines dieser Zweimann-Campingzelte, bloß in groß.

Wenn ich in der Kirchenbank sitze, schaue ich auf das Fenster, ein riesiges Dreieck, unten etwa 20 Meter breit und bis oben in der Spitze vielleicht 10 Meter hoch. Genau in der Mitte ein schwarzes Stahlkreuz. Es trägt das Dach und bildet die Mitte des Fensterbildes. Viele bunte Flächen sind rund um das Kreuz zu sehen. Außen, ganz unten in den Ecken, ist es dunkel. Kräftige, ganz dunkle Blautöne, manche Flächen sind auch grau, fast schwarz. Oben, wo der senkrechte und der waagerechte Stahlträger sich kreuzen, sind ein paar rote Einsprengsel, kleine Tupfer hier und da wie mit einem Pinsel draufgekleckst.

Wenn ich so dasitze und mit meinen Augen über das Kirchenfenster wandere, entdecke ich noch viel mehr Kreuze, große und kleine. Über die bunten Farbflächen legt sich ein Netz aus schwarzen Strichen und Balken.

Wenn Schulklassen zu Besuch sind, wird es immer spannend. Dann beschreiben die Kinder, was sie sehen. Die Farben finden eigentlich alle toll. Das Dunkle, Blaue, sagt ein Junge, das ist wie das Meer. Wie große Wellen rechts und links, da kann man untergehen. Aber das in der Mitte, was da so hell und gelb ist, das ist wie ein Weg, dem man folgen kann. Wie bei Mose, als er das Meer geteilt hat und alle durchgehen konnten und gerettet wurden – so seine Deutung.

Ich habe schon oft hier gesessen. Manchmal niedergeschlagen und nachdenklich, wenn mir etwas zu schaffen machte. Zum Beispiel musste ich an den Mann denken, Mitte 50, der mit Lungenkrebs zu Hause lag. Er saß im Dunkeln, konnte einfach nicht annehmen, dass er nun mal diese Krankheit hatte. Klammerte sich am Leben fest. Loslassen? Sich Gott anvertrauen? Nein. Nichts davon war ihm möglich. Er kam mir gefangen vor in Diagnosen, Therapiemaßnahmen, neuesten Werten. Ich dachte an ihn, schaute auf das Fenster und verlor mich in den schwarzen Kreuzen vor den dunklen Farben. Das Leben eine einzige Frage.

Ein andermal saß ich am gleichen Platz und war erleichtert. Die hellen Farben stahlten, alles war in Licht getaucht, und ich fühlte mich einfach nur dankbar. Eine kurdische Flüchtlingsfamilie war jahrelang im Kirchenasyl, untergebracht in einem

Notappartement, 25 Quadratmeter zu siebt. Zwei Erwachsene, fünf Kinder. Dann endlich die Nachricht, dass sie bleiben können, der Aufenthalt wurde genehmigt, auf Dauer. Das Leben hatte gesiegt, das Recht hatte sich durchgesetzt.

So spiegelt das Fenster, was ich fühle, immer wieder.

Ich schreibe diese Zeilen kurz nach Ostern. Christen erinnern sich an den Tod und die Auferstehung Jesu. Unsere jüdischen Geschwister haben das Passahfest gefeiert. Sie denken an den Auszug aus Ägypten, durch das Meer in die Freiheit. Wie der Junge aus der Schulklasse erzählt hatte, die zu Besuch war.

Das große Fenster in meiner Kirche zu Hause ist für mich ein Osterbild. Die dunklen Farben stehen für das, was das Leben bedroht. Jesus selbst war Gewalt und Tod ausgeliefert. Die roten Farbspritzer zeigen es. Die hellen, leuchtenden Farben sind wie die Sonne am Ostermorgen. Das Leben siegt, das Licht setzt sich durch. Das stärkt mein Vertrauen, immer wieder. Ich vertraue darauf, dass wir nicht im Dunkeln bleiben.[56]

WIE SCHMECKT GOTTVERTRAUEN?

Es ist lange her und wir waren jung. Ein Sommer in Schweden mit der ganzen Clique. Mit Fahrrädern und Zelten und dem großen Volvo für das ganze Gepäck.

Unvergesslich besonders diese eine Nacht. Irgendwer hatte Feuer am Strand gemacht, wir essen, trinken, erzählen. Die Sonne geht langsam unter, ganz dunkel wird es nicht. Ein paar Meter weiter spielt jemand Gitarre. Manche gehen bald schlafen, aber ein paar von uns schauen aufs Meer und reden. Lisa, Thomas, Christine und ich.

Wir reden über uns, die Liebe und die Pläne. Über Gott und die Welt, die Ungerechtigkeit und das Glück. Irgendwann darüber, wie das Leben wohl mal endet und was dann wohl sein wird. Eine Nacht, in der wir uns und alles verstehen.

„Wie schmeckt wohl Gottvertrauen?", fragt Thomas plötzlich in eine Pause hinein.

„Nach frischem Blaubeerkuchen mit Vanillesoße", antwortet Lisa.

Wir lachen und sehen, wie sich der Himmel verändert. Erste Lichtstrahlen tanzen über das Meer, die Sonne geht auf.

„Nein, besser noch", sagt Christine. „Gottvertrauen schmeckt nach frischem Blaubeerkuchen mit Vanillesoße bei Sonnenaufgang."

„Und was hörst du dann?", frage ich.

„Warte mal", meint sie und holt von nebenan die Gitarre. Vorsichtig, leise zupft sie die Akkorde von „Morning has broken" – „Morgenlicht leuchtet".

Darf man so etwas fragen: Wie Gottvertrauen schmeckt? Wie das aussieht, wie es sich anfühlt, wie es klingt? Ich habe damals etwas davon verstanden, ohne dass ich es auch nur ansatzweise erklären könnte. Es bleibt etwas Geheimnisvolles.

Es gibt solche Momente, die sind spirituell aufgeladen – in der Natur, im Gespräch, am Sterbebett. Oder in der Osternacht. Wenn es am Anfang noch dunkel ist und während des Gottesdienstes frühmorgens die Sonne aufgeht und Licht in die Kirche fällt. Dann spüre ich es auch: Nichts kann Gott eine Grenze setzen. Weder Tod noch Leben, weder Licht noch Dunkel.

Ich fange an zu grübeln: Mein Leben ist begrenzt. Ich kann nie alle Möglichkeiten ergreifen, die sich mir bieten, sondern nur die eine oder andere. Es gibt Krisen und Träume. Manche habe ich gelebt, andere beerdigt. Eine Krankheit setzt Grenzen. Körperliche Fähigkeiten lassen nach. Menschen sterben. Doch bei Gott gibt es keine Grenzen.

Deswegen will ich loslassen können, wenn es Zeit ist. Und bis dahin immer wieder mal von diesem Gottvertrauen kosten. So wie damals in Schweden am Strand.

Jeden Morgen weckt Gott das Leben von Neuem. Er macht das Licht und die Musik und sogar den Blaubeerkuchen mit Vanillesauce.

BEGRENZTE ZEIT

„Meine Reise ins Leben" – unter dieser Überschrift treffen sich Jugendliche in meiner Kirchengemeinde. Die Konfirmanden machen sich Gedanken über ihre Zukunft: Worauf freue ich mich, was macht mir Sorgen, wen brauche ich? Sie packen symbolisch einen Koffer für ihre Reise ins Leben, sie bekleben Umzugskartons mit dem, was ihnen wichtig ist.

Am Ende des Tages stellen sie sich vor: Wie ist das wohl, wenn ich 18 bin oder 25, 53 oder 82? Sie werden gebeten, immer auch ein unvorhergesehenes Ereignis zu benennen. Ist ja klar, dass nicht alles im Leben planbar ist. Ein Mädchen stellt sich vor: „Ich bin 18 und werde schwanger." Was wünscht sie sich? Was bereitet ihr Sorgen? Über 30 Bibelsprüche liegen auf einem Tisch. Ich bin 18 und werde schwanger: „Befiehl dem Herrn deine Wege und hoffe auf ihn, er wird's wohl machen" (Psalm 37,5). Das passt für sie.

Ein Junge stellt sich vor: „Ich bin 38 und tot." Manche erschrecken, manche lachen verlegen. Doch die Gruppe nimmt ihn ernst: Was kann geschehen sein? Eine schwere Krankheit vielleicht oder ein Unfall.

Ich weiß, in der Gruppe gibt es mindestens drei, die das erlebt haben, den frühen Tod eines Elternteils oder eines Bruders, einer Schwester. Genau so, durch eine schwere Krankheit oder einen Unfall. Der Junge schaut eine Weile auf die Bibelsprüche. Dann wählt er einen Satz aus dem Johannesevangelium. Jesus sagt: „Meine Schafe hören meine Stimme, und ich kenne sie und sie folgen mir; und ich gebe ihnen das ewige Leben, und sie werden nimmermehr umkommen, und niemand wird sie aus meiner Hand reißen" (Johannes 10,27-28).

Der persönliche Blick in die Zukunft – allen wird plötzlich klar, dass es einen großen Unterschied macht, ob man bloß theoretisch weiß: „Mein Leben ist begrenzt", oder ob man es hautnah erlebt, dass ein Freund oder Verwandter schwer krank wird oder stirbt.

2005 hielt Steve Jobs eine Rede an der Stanford University, die berühmt wurde. Der Apple-Gründer sprach auf der jährlichen Abschlussfeier der Universität vor den Studentinnen und Studenten. Auch die Jugendlichen in unserer Gemeinde schauen sich die Rede an. Sie ist deshalb so bekannt, weil Steve Jobs sehr persönlich wurde: Ein Jahr zuvor war bei ihm Krebs diagnostiziert worden. Jobs meinte damals, dieser Gedanke, dass er bald tot sein werde, helfe ihm wie nichts anderes, die großen Entscheidungen im Leben zu treffen.

Er erzählte den Studierenden: Wenn er morgens aufstehe, schaue er sehr bewusst in den Spiegel und frage sich: „Will ich wirklich das tun, was ich heute tun werde?" Gut, wenn die Antwort Ja ist. Aber wenn sie für eine ganze Reihe von

Tagen immer wieder Nein laute, dann sei es Zeit für eine Veränderung. Sein Leitsatz wurde: Tu das, was du zu tun liebst!

Der Samstag mit den Jugendlichen erinnert mich daran: Auch meine Lebenszeit ist begrenzt. Nicht alles Menschenmögliche kann ich verwirklichen. Aber traurig macht mich das nur noch selten. Denn es ist auch eine riesengroße Entlastung! Ich *muss* nicht immer alles schaffen, ich kann das Leben nicht ewig festhalten, sondern werde es eines Tages loslassen. Wann dieser Tag kommt, das weiß ich nicht. Aber ich bin mir sicher: Er wird mich nicht aus Gottes Hand reißen. Gott wird dann sagen: Es ist genug. Du hast gelebt. Das machte Sinn.

Und oft fühlt es sich so an, als würde Gott jetzt schon zu mir sagen: Du musst nicht noch mehr schaffen. Füll einfach dein Leben mit dem, was du kannst. Finde Menschen, die dich lieben, und solche, die du liebst. Finde Aufgaben, die zu tun du liebst. Alles andere ist zweitrangig. Hauptsache, du verpasst nicht das Leben, das ich dir geschenkt habe.[57]

Wann fängst du endlich an

Denk nicht lange nach
nimm's dir nicht nur vor
warte nicht mehr ab
geh und mach dein Tor

Ich hatte stets die freie Wahl
Ich fragte nicht ich hab's getan
Ich weiß längst was ich erzählen kann
Ich ging hinaus und blieb nie stehn
kein Traum zu groß zum Weitergehn
frag mich nur wann fängst du endlich an

Mach jetzt deine Fehler
werd aus ihnen schlau
die Farben werden schöner
bleiben nicht mehr grau

frag nicht was ist üblich
woher weht der Wind
alles ist noch möglich
ganz so wie als Kind

TOM UND DIE ANDEREN

Sie kommen alle zusammen. Etwa 20 Jugendliche fahren mit ihren Mopeds vor, biegen auf die Parkplätze ein, bremsen, und als der Letzte steht, lassen sie einmal alle zusammen laut die Motoren aufheulen. Das ist ein Zeichen: *Wir sind da. Wir halten zusammen.* Wahrscheinlich auch: *Wir sind wütend.*

Denn einer von ihnen, Tom, 17 Jahre alt, ist fünf Tage zuvor auf der Landstraße tödlich verunglückt. Wie jeden Mittwoch ist er mit seinem Moped zur Berufsschule gefahren. Der Autofahrer, der ihm entgegenkommt, schneidet die Kurve, einfach so. Tom hat keine Chance. Er ist sofort tot.

Die Jungs nehmen ihre Helme ab, kommen in die Kirche und setzen sich ganz vorne rechts in die ersten drei Reihen. Vor ihnen der Sarg und ein Bild von Tom auf seinem Moped.

Die Kirche füllt sich bis fast auf den letzten Platz. Wir halten die Trauerfeier. Ich habe Steine und Kerzen mitgebracht. Wer möchte, kann später an den Sarg treten und eine Kerze aufstellen. Oder eben einen Stein ablegen. Als Zeichen für die eigene Wut, das Unverständnis, den Protest.

Es werden am Ende mehr Steine als Kerzen. Denn die meisten empfinden: Das ist nicht gerecht. Hier ist ein unfassbares Unrecht geschehen. Dem Jungen, der das Leben doch noch vor sich hatte, der Familie, die den Schmerz ertragen muss, den Freundinnen und Freunden, die Tom vermissen. Bei allen wird das Gottvertrauen auf eine harte Probe gestellt.

„Es hat Gott, dem Herrn, ganz und gar nicht gefallen, ihn aus diesem Leben abzurufen …", habe ich bei ähnlichen Todesfällen den Pfarrer schon sagen hören.

Eine Anspielung auf einen Text des Schweizer Pfarrers und Poeten Kurt Marti. Ich selbst habe schon ein fünfjähriges Mädchen beerdigt, das an einer schweren Krankheit gestorben war, einen 25-jährigen Mann, der sich das Leben genommen hat, einen 41-Jährigen, der vom Baugerüst gestürzt ist. Alle habe ich noch genau vor Augen. So wie Tom. Aber kann man das sagen: „Es hat Gott nicht gefallen, ihn aus diesem Leben abzurufen"?

Ich weiß nicht. Uns gefällt es nicht, das ist klar. Wir sind nicht einverstanden, das verstehe ich. Aber ich kann der Mutter des kleinen Mädchens oder des Jugendlichen doch nicht sagen, es sei irgendwie ein religiöser Unfall passiert, die Engel Gottes hätten wohl nicht richtig aufgepasst. Nach dem Motto: Keine Sorge, wird nicht wieder vorkommen, hat Gott auch nicht gefallen.

Ich kann auch nicht sagen, das Leben ihres Kindes sei nicht sinnvoll gewesen, da habe etwas gefehlt, weil es so kurz war. Denn das ist ja wohl die Botschaft: Dieses Leben war unvollständig, deshalb hat es Gott nicht gefallen, dass Tom diesen Unfall hatte oder dass Sophie so schwer krank war. Aber die beiden haben ja gelebt! Sie haben Spuren hinterlassen, sind geliebt worden, waren kreativ, hatten Freunde. Wann ist denn ein akzeptabler Zeitpunkt für das Lebensende? Wer wollte den festlegen?

„Lehre uns bedenken, dass wir sterben müssen, auf dass wir klug werden" – so heißt es in der Bibel (Psalm 91,12). Eine Krankheit oder ein Unfall können mir das Leben nehmen, das vor mir liegt. Aber nicht das, was ich gelebt habe. Ich stelle mir vor, wie Gott über jedes Leben sagt: „Du hast gelebt, dein Leben ist sinnvoll und wertvoll gewesen."

Egal, wann jemand stirbt, ob mit fünf Jahren, mit 81 oder eben mit 17 – so wie Tom. Deshalb kann ich Gott nur bitten: Lehre uns bedenken, dass wir sterben müssen, auf dass wir klug werden.[58]

INNERE STIMMEN

Es gibt Fragen, da muss ich echt mit mir ringen. Dieses Auto sieht schick aus. Aber es hat auch seinen Preis. Soll ich mit meinem Kollegen über unseren Streit neulich sprechen? Immerhin könnte der ja auch mal den Anfang machen. Machen wir das nun mit dem Wochenende in Hamburg? Oder wird das doch alles zu viel?

Ganz gleich, ob es um Alltagsfragen geht oder um große Entscheidungen, immer gibt es verschiedene innere Stimmen, die ihren „Senf" dazugeben. Die eine hat Bedenken, die andere treibt mich an, die nächste ist ängstlich, wieder eine andere macht mir ein schlechtes Gewissen. Nur selten höre ich: „Mach mal!" Oder: „Gut so!"

Die Psychologie spricht von einem „inneren Team" von Stimmen, die sich melden und mitreden wollen, wenn mal wieder etwas zu entscheiden ist. Da sprechen Meinungen, Regeln, Erfahrungen ... alles, was wir im Laufe unseres Lebens verinnerlicht haben. Manchmal höre ich einen ganzen Chor, der kommentieren oder kontrollieren will, was ich sage oder tue. Nein, das ist nicht verrückt, das ist ganz normal. Dieser innere Konflikt ist ein Dauerzustand. Zu jeder

Meinung gibt's ein Gegenargument, zu jedem Urteil ein Minderheitenvotum, zu jedem Maßstab, der sich eigentlich bewährt hat, eine kritische Rückfrage. Toleranz? Ja klar, aber was ist mit den Burkas? Meinungsfreiheit? Sicher, aber doch nicht für diese Typen, die mit Kreuzen und Fackeln durch die Straßen ziehen! Karriere? Ich doch nicht. Obwohl ...

Oft sind die negativen Stimmen ziemlich stark. Wie ein schlecht gelaunter Lehrer mit erhobenem Zeigefinger tadeln sie: „Lass das lieber! Nimm dich nicht so wichtig!" Eine andere Stimme meldet sich – vielleicht leiser – mit der Botschaft: „Hey, stell dein Licht nicht unter den Scheffel! Nur Mut!"

Worauf hören wir? Die Psychologie lehrt: Jede Stimme hat eine wichtige Botschaft. Sie will gehört werden. Aber eben auch moderiert. Deshalb brauchen wir eine Art inneren Teamchef, der die Stimmen entwirrt, ordnet und gewichtet. Zum Beispiel nach Saboteuren und Mentoren. Die einen bremsen uns, die anderen fördern uns. Aber Vorsicht: Auch die ängstliche Stimme kann hilfreich sein, etwa weil sie uns vor etwas warnt oder beschützt. Also immer gut zuhören!

Der Glaube ist bei mir auch so eine Stimme, die einen festen Platz im Chor hat. Bei den großen Entscheidungen, wenn ich Gottvertrauen brauche, oder wenn es um eine klare Meinung geht, was ich richtig finde und was falsch, an wessen Seite ich gehöre und wofür ich mich einsetze. Diese Stimme zu befragen hat sich schon oft bewährt. Manchmal denke ich, wer so eine Stimme nicht hat, ist noch leichter zu manipulieren und läuft irgendwo hinterher.

Zurück zum Teamchef: Wenn's mal wieder etwas zu entscheiden gibt, kann man angeblich alle Teammitglieder einladen, auch die unangenehmen. Jede Stimme soll sich zum Problem äußern. Dann hat der Teamleiter die Aufgabe, zu sortieren und sich klar zu machen: Wer spricht da? Der Kritische? Der Sorgenvolle? Der Antreiber? Welche Stimmen unterstützen mich, welche hindern mich, welche sind neutral?

Und dann muss man sie miteinander ins Gespräch bringen und sozusagen eine Mehrheit finden. Ich hab's ausprobiert. Es funktioniert. Wenn ich mir die Zeit nehme und es wirklich so mache, weiß ich ziemlich genau, was in mir vorgeht. Das geht allein, aber noch besser, wenn ich jemandem davon erzähle. Der Chor steht dann schön sortiert. Ich kann die schiefen Töne nach Hause schicken und am Ende mit einer Stimme sprechen. Nämlich mit meiner.[59]

NÜTZT BETEN?

„Beten nützt doch nichts." Für Steffi scheint die Sache klar. Die Jugendlichen in meiner Konfirmandengruppe sollen sich einige Aussagen zum Thema „Beten" ansehen und nur die Sätze auswählen, denen sie zustimmen können.

„Beten ist was für Kinder und alte Leute", heißt es da oder „Beten ist Aufgabe der Pfarrer." – „Quatsch", meint einer der Jungs, „viele Fußballspieler beten doch auch immer vor dem Spiel. Das sieht man im Fernsehen." Andere sortieren weiter ihre Zettel. Auf einem steht: „Wer betet, spricht mit Gott", auf dem nächsten: „Wer betet, will etwas ändern." Alle flüstern, schreiben, ordnen. Nützt Beten wirklich nichts? Steffi überlegt noch mal.

Dann sind Bilder dran, auf denen man Menschen sieht, die beten. Ein Fußballspieler ist nicht dabei. Aber eine Frau am Sterbebett ihres Mannes, ein Mann auf dem Flur der Agentur für Arbeit, eine Familie am Tisch vor dem Essen. Was denken diese Menschen, was fühlen sie, was sagen sie wohl, wenn sie beten?

Die Jugendlichen lassen ihre Fantasie spielen und entdecken dabei, was Beten bedeuten kann. Innehalten, sich besinnen, zur Ruhe kommen. Gott danken, ihn um etwas bitten, einfach mit ihm sprechen. Die Jugendlichen reagieren besonders auf Bilder, die etwas Ungewöhnliches zeigen.

Zum Beispiel die Frau am Sterbebett ihres Mannes. Eine Hand ruht auf der Schulter des Verstorbenen, die andere hat sie auf seine gefalteten Hände gelegt. Sie schaut ihn an. „Sie ist traurig und denkt an das Leben mit ihrem Mann", meint eines der Mädchen. „Vielleicht betet sie, dass er jetzt wirklich bei Gott ist und es da gut hat", ergänzt ihre Freundin. „Vielleicht bittet sie auch um Vergebung für sich und für alles, was nicht so gut war in ihrem Leben", meint ein anderer.

Die Jugendlichen sind dem Beten auf der Spur.

Und der Mann auf den Fluren der Arbeitsagentur? Er sitzt dort allein auf einem Stuhl, nach vorn gebeugt, die Hände gefaltet. Man weiß nicht so genau, ob er wirklich betet oder nur so dasitzt. „Aber er hofft bestimmt, dass er einen Job bekommt", meint einer der Jungs.

„Und? Wird Gott sich darum kümmern?", frage ich. Das kann sich keiner vorstellen. Ich mir auch nicht. Ein anderer ergänzt: „Vielleicht betet er, dass Gott ihm die Kraft gibt für die Zeit, die jetzt kommt, egal, wie es an dem Tag ausgeht."

Wer betet, spricht mit Gott. So viel scheint klar. Aber hilft es auch? Bewirkt es etwas? Vielen Menschen ist das Beten fremd geworden. Die meisten wissen: Eben mal beten, dass dieser oder jener Wunsch in Erfüllung gehen möge, führt zu gar nichts. Gott ist ja kein Automat. Aber wenn ich regelmäßig mit Gott spreche, dann verändert sich doch etwas. Es verändert mich. Denn für einen Moment lasse ich mich los und sehe von dem ab, was ich selbst kann und weiß. Manches, was ich vor und mit Gott besprochen habe, verliert dann seine Macht. Sorgen verschwinden nicht, aber ich kann sie anders ansehen. Fragen lösen sich nicht auf, aber sie ordnen sich anders ins Leben ein.

Manche Menschen beten morgens, wenn der Tag beginnt. Vor dem Frühstück oder bevor sie mit der Arbeit anfangen. Andere am Ende eines langen Tages. Dann wird Beten eine gute Gewohnheit. So wie Tagebuch schreiben. So zu beten muss man nicht lernen – allenfalls eine Weile üben. Vielleicht hilft es, wenn man sich eine feste Zeit dafür nimmt oder einen bestimmten Ort dazu aufsucht. Dann entfaltet es eine besondere Kraft.

Übrigens: Steffi hat sich am Ende noch mal anders entschieden. Auf Platz 1 steht jetzt: Beten macht Mut.[60]

Feuer ohne Glut

Ich hab es immer schon gesagt
du hast dein Leben nie gewagt
auch wenn dich mancher Zweifel plagt
du allein bist jetzt gefragt

Ich hab es immer schon gespürt
du hast das Risiko gescheut
hast schon den letzten Schritt bereut
zum nächsten bist du nicht bereit

Wo soll das hinführn wenn du nicht gehst
es wird nie mehr aufhörn sobald du verstehst
nichts mehr erwarten nichts mehr verlangen
nur schlechte Karten kein Hoffen kein Bangen
immer weiter so das geht nicht gut
das ist Ebbe ohne Flut oder Feuer ohne Glut

ANMERKUNGEN

1 Kirche in WDR 2, 8.7.2017
2 Kirche in WDR 2, 4.2.2013
3 Deutschlandfunk, 15.1.2015
4 Kirche in WDR 2 Hörmal, 1.1.2009
5 Kirche in WDR 2, 10.1.2011
6 Kirche in 1LIVE, 1.8.2016
7 Kirche in WDR 2, 12.11.2015
8 Kirche in WDR 2, 20.8.2012
9 Kirche in WDR 2, Hörmal, 16.2.2016
10 Kirche in WDR 2, 14.2.2010
11 zitiert nach Wikipedia.org, (Art.) Neil Postman, aufgerufen am 26.1.2019
12 Kirche in WDR 2, 4.5.2012
13 Kirche in WDR 2, 9.1.2012
14 Kirche in WDR 2, 4.11.2011
15 DLF, 21.3.2009
16 Kirche in WDR 2, 7.1.2017
17 Kirche in WDR 2, 13.1.2010
18 DLF, 4.12.2014
19 Kirche in WDR 2, 7.5.2011
20 DLF, 18.9.2017
21 Kirche in WDR 2, 24.8.2011
22 Kirche in WDR 2, 13.4.2015
23 Kirche in WDR 2, 7.1.2015
24 Kirche in WDR 2, 9.1.2016

25 Kirche in WDR 2, 5.5.2011 als Popsong-Exegese zu Avril Lavigne: I'm with you
26 Kirche in WDR 2, 25.6.2014
27 Vgl. den gleichnamigen Aufsatz von Helmut Simon in: Rechtsstaat zwischen Sozialgestaltung und Rechtsschutz. Festschrift für Konrad Redeker zum 70. Geburtstag, – Bernd Bender (Hrsg.) u. a., München 1993, S. 159 ff
28 Kirche in WDR 2, 12.1.2011
29 Kirche in 1LIVE, 8.11.2017
30 Kirche in WDR 2, 19.8.2013
31 Adam Grant: Geben und Nehmen. Erfolgreich sein zum Vorteil aller, München 2013
32 WDR 2 Hörmal, 26.12.2013
33 DLF, 26.2.2013
34 Kirche in WDR 2, 3.12.2012
35 Kirche in 1LIVE, 2.8.2016
36 Kirche in WDR 2, 16.2.2016
37 Stand am 26.1.2019, vgl. www.mein-grundeinkommen.de
38 Kirche in WDR 2, 19.1.2018
39 Kirche in WDR 2, 4.5.2013
40 DLF, 20.2.2018
41 Kirche in WDR 2, 7.5.2010
42 Kirche in WDR 2, 21.8.2013
43 DLF, 22.2.2018; https://www.nytimes.com/interactive/projects/modern-love/36-questions/
44 DLF, 17.1.2015
45 Kirche in WDR 2, 23.6.2014
46 Kirche in WDR 2, 10.1.2014
47 Kirche in WDR 2, 2.11.2013
48 Kirche in WDR 2, 5.5.2012
49 Kirche in WDR 2, 6.1.2012
50 DLF, 28.2.2013
51 DLF, 13.5.2015
52 DLF, 2.3.2013
53 Kirche in 1LIVE, 21.6.2018

54 Kirche in 1LIVE, 22.6.2018
55 Kirche in 1LIVE, 13.12.2014
56 Kirche WDR 2, 15.4.2015
57 DLF, 21.2.2018
58 Kirche in WDR 3-5, 8.11.2018
59 Kirche in WDR 2, 17.2.2016. Angeregt durch: Ursula Nuber, Das innere Team. Finden Sie heraus, was in Ihnen los ist, Psychologie Heute 40 (Heft 11/2013, S. 20-25)
60 Kirche in WDR 2, 28.3.2019

Die meisten Beiträge in diesem Buch wurden bereits im Radio ausgestrahlt. Hinweise zu den einzelnen Sendeterminen finden Sie im Anhang.

1. Auflage Juni 2019
Bestell-Nr. 835 241
ISBN 978-3-86334-241-8

Umschlaggestaltung: Die guten Botschafter, Haltern am See
Umschlagmotiv: Shutterstock
Satz: Uhl + Massopust, Aalen
Druck und Verarbeitung: GGP Media GmbH, Pößneck
Printed in Germany

www.adeo-verlag.de